CW01004042

À L'OMBRE DE MOI-MÊME

CATHERINE DENEUVE

À l'ombre
de moi-même

Carnets de tournage
& entretien avec Pascal Bonitzer

STOCK

Vous préparer au moindre. Des petits cahiers, journaux de tournage intimes, compagnons de mes doutes, écrits presque toujours à l'étranger, certains il y a longtemps. Solitaires, exaltés, découragés, critiques. Bruts. Quelques remords mais pas de regrets.

Catherine Deneuve.

Dancer in the Dark

1999

Réalisateur : Lars von Trier

Scénario : Lars von Trier

Distribution : Björk (Selma), Catherine Deneuve (Kathy), David Morse (Bill), Peter Stormare (Jeff), Jean-Marc Barr (Norman)

Directeur de la photographie : Robby Müller

Costumes : Manon Rasmussen

Musique : Björk

Sortie en France : 18 octobre 2000

Départ pour Copenhague. Je regarde ces champs de colza vus d'avion, découpés comme un Poliakoff. Très mal à la gorge, fiévreuse, il pleut quand j'arrive dans cet hôtel, dernier étage, terrasse en bois, tout le monde passe devant mes fenêtres pour rejoindre les chambres à côté ! Rencontre avec Lars chez lui, dans sa petite maison de bois au fond du jardin. Nous devons faire une lecture avec Björk, elle n'est pas là, souffrante en ville, son agent appelle de Londres pour dire qu'elle ne pourra pas venir. Je parle un peu avec lui, je sens que c'est difficile d'être théorique ou explicative sur ses « motivations », je repars assez tôt et je reste à l'hôtel jusqu'au soir, il fait très mauvais, gros cafard.

Lendemain. Je vais au studio pour la visite officielle du futur lieu de tournage.

Très beaux bâtiments de brique à vingt minutes de la ville, militaires, achetés pour devenir des studios, bureaux, cantine, construction des futurs décors et tout au fond encore le bureau de Lars enterré comme un semi-bunker. D'ailleurs, il y a plein de caisses de munitions vides à l'entrée ! Il faudrait dégager le grand monticule de terre devant sa fenêtre.

Plus tard. Installation encore, très sommaire, tous les efforts doivent être consacrés au film. Lecture avec Björk qui arrive en Esquimaude, bas rayés et sabots, un peu sauvage et timide mais assez à l'aise pour cette lecture informelle. Jean-Marc Barr est là aussi, juste arrivé de Paris pour la journée, pas de questions particulières, Lars semble à peu près content. Rien sur les costumes et moi malade, grippée, pas de raison de rester, je repars donc assez vite, soulagée presque et un peu inquiète, incertaine sur la réalité de tout cela. Ai-je déjà signé ?

Retour à Copenhague pour les répétitions de la scène musicale de l'usine, essayage des costumes et essais. Sur la feuille de service tout est clair et précis, un monde fou semble travailler ici au studio. Marteaux, ça tape dans tous les coins mais dans la réalité une certaine confusion, beaucoup d'à-peu-près, il me faudra un certain temps pour découvrir que c'est son approche à lui. Le projet est très lourd, la préparation est en retard et son besoin de découvrir et surtout de garder une certaine « fraîcheur » pour le tournage est très grand. Presque tous les vêtements d'époque viennent de Seattle, aux États-Unis. L'idée de ne pas avoir à être « soignée » n'est pas désagréable. Mais les formes, les tissus, les tons sont pauvres. Que penserai-je de tout cela dans deux mois ?

Dîner avec Lars et la productrice au restaurant. Il ne finit pas le dîner, trop long, il y a encore peu de temps il ne pouvait physiquement pas entrer dans un restaurant. Nous dînons une autre fois avec Björk. Nous buvons du vin, elle est gaie, timide et disponible. J'observe Lars. Elle l'a beaucoup fait attendre je crois et par moments je sens une colère monter, je pense que sur l'essentiel tout est très professionnel parce que Lars sait ce qu'il veut, tout le monde le suivra, ce qui doit être lourd pour lui par moments. C'est une grosse production pour eux et sans doute la première. Tournage remis deux fois, pour moi ce sera finalement le 1er juin. Je pars pour Gotenberg en Suède, je sais qu'ils ont déjà tourné la scène du train avec les cent caméras plus le train qui bouge, bien sûr tout doit être caché car il filme à 360 °. Horaires terribles, dépassements, enfin tout, quoi. Björk est épuisée, ils devront arrêter deux jours. Je dois commencer avec elle la scène de l'autobus. Un peu d'engueulade, Lars explique et puis décide de filmer la « répétition », ce qu'il refera souvent par la suite. Lars filme partout. Il est ravi car il veut ce matériau pour aérer le côté écrit des scènes. Il me dira même que le texte n'a pas d'importance. C'est le ton, la vie de notre relation qu'il veut et je le comprends. Björk me demande si c'est toujours comme ça un tournage ! Elle dit « OK », baisse les yeux et se lance. J'étais étonnée à la première lecture déjà, il nous avait fait improviser seules avec le coach dans son bureau. Je lui dis que pour moi aussi c'est la première fois mais elle n'est pas inquiète. Elle dégage une émotion et une sincérité incroyables, intactes, petit cheval blanc de la chanson de Brassens.

Ce jour-là, quelques pick-up dans l'autobus et puis l'après-midi la scène dans la bijouterie où je devrais être réprobatrice mais silencieuse. Il me dit avec justesse que c'est elle que je dois regarder et non pas le bijoutier près de la caméra comme si je voulais faire voir mon désarroi. Totale confiance. Trois heures presque sur la scène, on finit tout le temps sans répétition et à la fin je fais pratiquement le contraire de ce qui était écrit. Assez dur d'improviser en anglais, le coach me reprend sur ma façon de dire « no ? » interrogatif comme en français, Björk, elle, roule les « r » comme les Écossais ! Le matin je l'ai vue arriver dans son trailer, elle ne se maquille pas, tortille ses cheveux en nattes roulées, les fixe avec des pinces, tout en parlant et sans jamais se regarder dans la glace. Elle n'a jamais voulu couper ses cheveux comme il l'aurait peut-être fallu pour l'époque, alors elle les coince comme elle peut.

Dîner très tôt à l'hôtel avec Lars, joyeux, bière et aquavit. On dîne à sept heures et demie car on se lève tôt, il faut dormir. Évidemment je dors très mal, le lit est encaissé dans une alcôve, les rideaux ne sont pas doublés, et moi j'ai besoin du noir total. J'ai cueilli des lupins bleus sauvages. La saison est en retard d'un mois sur nous ici en Suède et dans un seau à champagne ancien que j'ai acheté ils donnent à ma chambre un air de fête.

Journée à Gotenberg, très frais. Les étudiants finissent leur année en faisant la fête en voiture, casquettes blanches, garçons et filles comme dans des chars, chantant et hurlant. La lumière est très belle, pas de pollution et les maisons de bois adorables et nettes sont souvent peintes avec cette étonnante couleur ocre rouge veloutée, presque noire. Je me renseigne, il y a beaucoup d'oxyde de fer et on la trouve par ici seulement, le nom de cette terre : *falnröd-farg*. Je dois absolument en rapporter pour peindre la maison de mes moutons. Plus au nord, la campagne est encore plus belle, vallonnée, presque pas de voitures, pas de trains, rien, la campagne comme autrefois, très verte, il pleut tous les jours ou presque, et ces lacs immenses. Malgré la pluie fine,

16

à mon arrivée et après deux heures et demie de voiture, je vais jusqu'au lac. Un peu l'Irlande. Charmant hôtel, pas de téléphone dans les chambres, assez grand, personne, une atmosphère de montagne. Je n'ai qu'un jour à tourner ici. Pas de répétitions, nous sommes assez nombreux. Selena, son fils, Jeff, Bill, sa femme et moi. La scène se déroule et s'improvise de plus en plus, le texte s'éloigne de plus en plus, atmosphère de fête improvisée et modeste pour le cadeau de la bicyclette à l'enfant. Je crois qu'à la fin elle a duré presque vingt minutes. Lars est enchanté, il m'en reparle à Copenhague. J'aimerais tellement retrouver cela à Copenhague, de l'énergie, de la concentration et de l'abandon tout à la fois.

Retour à Copenhague pour trois jours de répétitions. Chorégraphie du tribunal. Nous sommes nombreux, il faut faire un effort le deuxième jour car c'est précis, mais l'espace est très restreint et j'ai peu à faire, je ne me sens pas très investie. Trop long pour trop peu et en plus on tourne dans un mois. Retour à Paris.

Dimanche 20.

Retour pour répétitions dans l'usine. J'ai pas mal oublié mais le corps se souvient et retrouve ses marques assez vite, quoi que ce ne soit pas pour moi très lourd mais la danse c'est précis et ce sont des danseurs professionnels, il ne faudrait pas être trop en dessous. La première fois je m'y étais mise rapidement et j'étais assez fière. Un peu moins aujourd'hui. Je sais qu'il faut tout mettre au point et tout garder pour le tournage. Cent caméras. J'essaye d'en déceler par curiosité, elles sont bien cachées pour pouvoir filmer dans tous les axes, l'idée de Lars étant de ne tourner que deux ou trois fois sans pick-up. Il trouve que quelque chose d'essentiel se perd dans ces reprises. Il y a été contraint deux fois par Björk. Elle ne pouvait pas assommer Bill avant de tirer, elle n'arrivait pas à gifler son fils non plus, je l'ai vu, c'était impossible, on a fini par faire la gifle classique avec la tête qui accompagne mais je ne suis pas sûre qu'il garde cette prise. Son fils est joué par un jeune Serbe, futur boxeur, sensible et agressif. Les machines sont sales et grasses, je manipule des leviers pour emboutir le bord des éviers ; ce sont de grosses machines très bruyantes, très vieilles, des années cinquante sans doute.

La musique que Björk a écrite pour le film est formidable. J'ai hâte de voir la projection, sur un téléviseur seulement car le matériel doit être ensuite gonflé pour passer en scope. Je sais que quelques secondes de tournage ont été vues en Suède avec les cent caméras, il paraît que le résultat est formidable, les couleurs insolites, et que l'effet du gonflage adoucit beaucoup l'ensemble. Un peu comme les vieux films, dit Lars. Il a même tourné avec Björk dans la rivière, la caméra sous l'eau.

Retour à l'hôtel Admiral. J'aime cette chambre au dernier étage qui donne sur le port, trois fenêtres, belle lumière, je vois partir les paquebots et rentrer les bateaux de pêche. J'ai réalisé assez vite qu'il ne servait à rien de demander à Lars des explications sur le personnage car je n'ai pas tellement de scènes. Essayer de construire un personnage si loin de moi. Je me dis que Kathy sera ce que j'en ferai, ce que je serai capable d'apporter en improvisant. C'est un peu comme une compétition, je sais ce qu'il y a au départ, je ne sais pas ce qu'il y aura à l'arrivée. Björk, omniprésente bien sûr, mais pour les autres personnages ce sera selon ce qu'ils auront donné. Je sais qu'il gardera ce qui lui semblera juste, vivant. C'est assez excitant.

Lundi 21 juin.

Répétitions en costumes dans le décor de l'usine. Presque tout oublié en un mois, les danseurs aussi, me disent-ils, mais eux s'y remettent beaucoup plus vite. Je ne retrouve pas l'énergie, il faut que je dorme plus tôt le soir car les journées sont longues et le rythme décousu.

Deuxième jour. Plus difficile, plus pénible, pas l'impression de progresser. Je sens Björk déstabilisée par la remarque de Lars ce matin qui parlait de « générosité » alors que le mot de « complicité » eût été suffisant. J'ai tenté de dissiper ce malentendu mais je la sens mal. Avant de partir, vers trois heures, je la serre dans mes bras.

Elle est lasse, désemparée, et le soir c'est moi qui suis triste.

Mercredi 23.

Tournage dans l'usine. Heureusement, il ne fait pas trop chaud, je suis à bout de souffle à la fin de chaque prise. La scène est tournée en une fois. J'espère qu'avec les cent caméras il pourra ne garder que le meilleur. Aura-t-il assez de plans larges ?

Jeudi 24.

Les machines, le travail, d'autres plans avec les danseurs. Un boucan incroyable, il faut parler très fort pour se faire entendre. Improvisation toujours mais Lars garde le cap, ne perdant jamais de vue la vérité des personnages. Sa caméra est très lourde à cause des objectifs, quinze kilos peut-être, et parfois des plans de trente ou quarante minutes, malgré sa ceinture c'est très dur. Je le vois le matin quand il répète, retirant son T-shirt pour hisser son harnachement, son buste frêle et pâle comme une poupée baigneur de mon enfance. Sa force est ailleurs, mais quelle résistance ! Il est très blagueur.

Visite du musée Louisiana au bord de la mer. Une collection très importante et de très belles sculptures dans le jardin devant la mer, un lieu magnifique et accueillant. J'aime beaucoup l'ambiance des cafés, des restaurants, toujours des bougies, même le midi, de belles lumières, ils sont habitués à vivre à l'intérieur car les jours sont très courts ici. La ville est très jolie, de très beaux bâtiments, des entrepôts restaurés en habitations comme mon hôtel, l'Admiral.

28 juin.

Bientôt la fin de ce décor, pour les oreilles ce sera bien. Mais quelle usine ! Toutes les machines marchent et pour chaque scène tout le monde a une activité où que la scène soit, les danseurs comme les techniciens. Une vraie ruche. Je suis furieuse après moi, cette scène dans l'usine sans répétition comme d'habitude et moi qui dois me mettre en colère. Assez moyen, pas assez libre du texte. Pourquoi dois-je toujours rester approximative là-dessus ? Impossible de le savoir parfaitement. Paresse ? Peur d'être mécanique ? Je repense souvent à André Téchiné et cette scène terrible sur *Les Voleurs* à Lyon, il avait tort et il avait raison mais j'étais tellement blessée.

C'est difficile de se préparer avec Lars, il faut tout le temps être en veille mais prêt à démarrer dans l'instant, ne rien préparer et être en osmose avec lui, il faut le suivre. Interactif. Bref, ce jour-là, pas trop fière. Je sens qu'il est content sans plus, je veux lui parler avant le déjeuner, il me dit que de toute façon il gardera le minimum, les dialogues ne sont parfois pas très bons, un peu trop explicatifs, la traduction en anglais sans doute. C'est pour ça qu'il tient à ce qu'on s'en éloigne, à ce qu'on improvise.

J'aime cette chambre à l'Admiral, les poutres, la simplicité du mobilier, la vue sur le port, le *Crown of Scandinavia* qui part chaque soir pour la Suède. L'espace aussi, les chambres d'hôtel sont souvent encombrées de mobilier inutile pour faire

« *at home* », étouffant. Ma bougie, de jolis vases gravés à l'acide, un petit coussin et quelques fleurs. Voilà.

Retour de Paris pour le 5 juillet. Lars est là, à l'aéroport, il attend Vibeke, la productrice, il n'a pas tourné, il est cassé par ces relations conflictuelles et violentes, il a démoli une télé. Björk l'a traité de lâche, la semaine dernière de tyran et ce lundi il n'a pas tourné. Vibeke revient d'urgence d'Italie. Réunion au sommet ce soir chez Björk vers onze heures, il me dit que les choses se sont un peu arrangées, elle tournera demain.

Lundi 12 juillet.

Huit heures au studio. Préparation et puis la nouvelle, elle ne viendra pas. Elle veut le *final cut* sur les séquences musicales. Son agent anglais lui a dit de ne pas venir au studio tant qu'il n'aura pas négocié, ignorant sans doute qu'il n'a pas ce droit par contrat. Quelle inconséquence vis-à-vis de la production, trente-cinq danseurs encore aujourd'hui, comment est-ce possible ? J'imagine Bertrand, mon agent, si je l'avais réveillé ce matin à six heures pour lui faire cette demande. Elle est habituée à être au centre de tout et veut tout contrôler. Vers onze heures, au café du studio, tout est envisagé. Mais d'abord les avocats afin de connaître leurs droits pour la musique. Qu'elle continue ou pas le tournage, qui possède quoi ? Quelques heures après, Lars arrive si fébrile, cherchant des solutions, il lui fallait encore au moins huit jours pour s'assurer la presque fin du film, c'est peu et beaucoup, il était prévu encore trois semaines. Je le vois inquiet, blessé, écœuré puis furieux. On envisage même une doublure et des trucages pour tourner la scène du tribunal. Je dis que si on peut faire un film avec des acteurs et des animations comme *Roger Rabbit*, pourquoi ne pas incruster le matériel immense qu'il doit avoir avec des voix off ? Toutes les chansons sont déjà enregistrées. Enfin, on est tous assez en colère et on cherche à se rassurer.

Vibeke me semble très inquiète mais pas très vindicative vis-à-vis de son agent. Inimaginable dans un contexte normal mais historiquement il semble qu'un conflit larvé et latent depuis le début soit à l'origine de cette situation aujourd'hui. Son hésitation, ses refus puis le découragement de tous au bout d'un an, son renoncement et elle acceptant finalement malgré tout, contrat signé mais étant donné sa personnalité, son investissement en général dans tous ses projets et sa puissance dans l'écriture de la musique, rapport de forces bien sûr, mais de discussion aussi, avec tout ce qu'il y a de positif jusqu'à un certain point. Sa musique est formidable et si originale mais beaucoup de discussions mal acceptées pour quelqu'un habitué à toujours travailler seul.

Je propose de parler avec elle, seule, dans un café, si cela peut être profitable, sans grande envie de ma part. Nous nous séparons dans l'après-midi reliés par nos téléphones. Le directeur de sa maison de disques est attendu en provenance de Londres. C'est quelqu'un de plus rationnel, me semble-t-il. Je traîne dehors, cafés, téléphone, attente, mon moral chute avec les heures, tout cela est absurde, fou, et si triste. J'avais suggéré à Vibeke de bien faire connaître le coût d'une journée et même d'une demi-journée de tournage, pensant ainsi faire prendre conscience de la gravité et des efforts engagés. Que non ! Björk a même demandé le coût d'une rupture de contrat. A-t-elle les moyens d'assumer financièrement cette folie ? Pas si sûr. Douze millions de dollars, il faut travailler beaucoup.

Longue discussion le soir. Lars accepte finalement de se rendre chez elle. Il reste jusqu'à onze heures, où il semble qu'un accord soit trouvé. Sur quelles bases ? Je ne sais pas. Même le *mutual agreement* a été refusé par tous et il est vrai que ce n'est pas acceptable pour un cinéaste comme lui. Reprise demain ? Répétitions le matin et tournage l'après-midi.

Mardi 13 juillet.

Je suis assez démoralisée, plus envie de rien. Björk arrive vers onze heures, rien de spécial mais pas un mot d'explication ou d'excuse pour moi ni personne, pas une tentative. Il ne faut rien attendre de logique avec elle, l'accepter comme elle est, sauvage, unique. Je n'ai plus envie de comprendre, mon envie est cassée. Je sais que rien ne reprendra comme avant, c'est très injuste car l'ambiance, l'humeur de tous et l'union autour de Lars étaient, il me semble, incomparables. Je pense d'ailleurs que c'est peut-être ça, le problème, que le cœur du film c'est lui. Je crois que c'est difficile pour elle d'accepter l'impression, aurait-elle dit, de vivre le cauchemar de *Rosemary's Baby*. Tout le monde si charmant, chaleureux, souriant, et elle en face, devant ces « monstres ». Que dire ? Presque tout son entourage approuve peut-être en silence ses décisions. Humeurs, envies, refus implacables... Elle est irrationnelle, ingérable. Pour moi, c'est fini, rien ne réparera cette cassure. Lars est soulagé depuis vendredi.

16 juillet.

La scène avant la pendaison a été tournée. Très dur. Lars est très fébrile et inquiet aussi, toujours à cause de Björk. Comment peut-elle réagir ? Craquer, peut-être. Il veut prendre le moins de risques possible au cas où il ne pourrait tourner qu'une fois, on ne sait jamais. Il m'a demandé de venir une heure avant afin de tout cerner, que Björk puisse arriver et tourner directement, sans répétition bien sûr, comme toujours, cette scène qui est très dure, pour moi aussi. Je pense qu'il ne veut pas y penser – il a assez à faire avec la gestion islandaise. Je suis toujours ce petit soldat sur qui on doit pouvoir compter, j'en suis aussi responsable, vouloir que tout s'arrange, quoi qu'il arrive, pour le bien du film souvent. Je me souviens de Jean-Paul Rappeneau, longtemps après le tournage du *Sauvage*, évoquant ses regrets d'avoir dû se consacrer davantage à Montand qui pouvait être source de difficultés, et de m'avoir un peu oubliée. Idem aujourd'hui, Lars compte sur moi mais n'a pas beaucoup de temps à me consacrer. Je ne suis pas source de problèmes et un metteur en scène est un peu comme un pompier volant, il doit voler vers le plus urgent. Assez triste comme constat, j'ai presque fini, je ne suis pas vraiment entrée dans le film, peut-être trop d'arrêts, de retours et un tournage rapide avec peu de scènes, plutôt des situations. Lars était très fébrile le jour de la scène de la pendaison et puis on a fini tôt. Peu de plans, longs et enchaînés, tous les gens au combo sont très bouleversés, Lars sourit avec un faux cynisme, c'est une bonne thérapie n'est-ce pas, me dit-il. Mais il respire que cette scène soit tournée, quoi qu'il arrive il a la fin, il peut se débrouiller. Encore deux scènes au parloir et ce sera fini pour moi. Au studio, à Copenhague, il commence finalement sur elle. C'est l'histoire de Selma avant tout, nous ne sommes que ses partenaires, j'espère qu'à l'arrivée ce ne sera pas trop déséquilibré pour le film.

Deux jours en Suède. Une journée de tournage en intérieur, nous devons tourner cette scène impérativement en Suède. On tourne même la scène de l'extérieur, qui doit se faire en Amérique, dans le couloir, car Lars ne sera pas là, il ne peut voyager, et il veut sans doute l'assurer au cas où. Quelques frustrations quand même, malgré la confiance de son assistant qui est son ancien prof à l'école de cinéma. Je ne reste pas pour la fête. Trop de gens officiels ici au studio. Je vais dormir à l'aéroport, le départ est à sept heures. Je ramène encore de la terre aux pigments rouges, j'adore cette campagne et ces terres suédoises. Dernier dîner avec les garçons au bord de l'eau.

Départ pour Seattle via San Francisco, j'ai embarqué mon amie Ursula qui est supposée me maquiller. Quinze heures de voyage. J'adore cette ville basse au bord de l'eau, très années cinquante. L'hôtel est sinistre, je pars au port m'isoler. Peu de scènes, extérieur à Wala Wala, une heure d'avion, dans l'État de Washington, des fermes énormes et un paysage immense. L'extérieur de la prison, quelques traces de neige, un abord assez coquet et c'est pourtant une prison de haute sécurité, des gardes armés vingt-quatre heures sur vingt-quatre sur les toits. Ils font de la figuration et, au déjeuner, pique-nique sur des nappes blanches, ils nous disent trouver cela très sympa. Évidemment, eux ne peuvent ni fumer ni écouter de la musique, rien, douze heures d'affilée. Alors ils sont bien payés. Caroline ira le lendemain visiter la prison, moi je ne le souhaite pas.

Dîner dehors aux chandelles et au feu de bois avec l'équipe autour de trois grandes tables, il n'y a que des cottages autour de la maison. Nous quittons Wala Wala. Les cultures sont très curieuses ici, circulaires, parfaites comme des nénuphars géants, brunes ou mauves selon le stade des plantations. Je n'aurai pas de réponse rationnelle à cette technique puisque les angles sont perdus, l'arrosage se faisant du centre comme les aiguilles d'une pendule.

Demain, tournage à Arlington, une rue principale pour les voitures d'époque et la ville intacte, raccord, rien à enlever ni à ajouter pour l'époque. Extérieur du cinéma et de la bijouterie, dernier jour de tournage, c'est la fin exacte de la scène de mon premier jour de tournage en Suède. Déjeuner à côté de Björk qui, curieusement, m'interroge sur les tournages en général, elle veut encore savoir s'ils se passent toujours comme cela. Je m'étonne un peu, je sais, elle me l'a dit, qu'elle a beaucoup souffert et que Lars l'a toujours poussée à aller plus loin. Pourquoi n'a-t-elle jamais dit non, ou assez ? Je n'ai pas pensé à lui poser cette question si simple et le soir elle ne viendra pas au dîner de fin de tournage. Je ne saurai donc pas. Ou peut-être à la fin de l'année, si je vais en Islande pour y passer le cap de l'année 2000. Peut-être avait-elle besoin de me dire cela pour justifier ses refus, et surtout ses départs du tournage. Elle est très intelligente, j'ai du mal à comprendre qu'elle ait pu subir une telle pression avec la sensation de devenir folle, poussée à des extrêmes et sans repères. Je sais qu'elle a obtenu de venir au montage pour les scènes musicales.

Je n'ai vu aucun rush, aucune photo, et je n'en ai pas souffert. J'aimais cette expérience, sans avoir de vrais contacts pour autant – mais ce sont des gens du Nord –, sauf avec Caroline. J'étais tellement peu le personnage, qu'y aura-t-il à l'arrivée ? Lars est impatient de monter. Trois jours de repos, il verra l'éclipse dans le Jutland et il attaque le montage. Il donne le matériel énorme à trois monteurs différents, dont un Français. Il attend Cannes, nous nous sommes donné, lui surtout, rendez-vous à l'hôtel du Cap pour l'an 2000.

Est-Ouest

1998

Réalisateur : Régis Wargnier

Scénario : Régis Wargnier, Sergueï Bodrov, Louis Gardel, Roustam Ibraguimbekov

Distribution : Sandrine Bonnaire (Marie Golovine), Oleg Menchikov (Alexeï Golovine), Sergueï Bodrov Jr (Sacha), Catherine Deneuve (Gabrielle Develay), René Féret (l'ambassadeur de France)

Directeur de la photographie : Laurent Dailland

Costumes : Pierre-Yves Gayraud

Musique : Patrick Doyle

Sortie en France : 1er septembre 1999

J'ai raté mon avion. 8 h 45, je me réveille, de la lumière, alors que je devais me lever à sept heures pour partir à Sofia. Mon réveil était encore à l'heure de New York. Je me rendors, sans remords, trop fatiguée, jusqu'à treize heures. Il faudra partir par Austrian Airlines, deux avions. Le régisseur, par sécurité, m'accompagne jusqu'à Vienne.

Les hôtesses sont en rouge des pieds à la tête, même les collants. Des petits chaperons rouges. Arrivée à Sofia, officielle. Le directeur du studio en canadienne, un bouquet à la main, un photographe et puis, dehors, des télévisions, des fans avec des photos. Il fait beau, pas trop froid. Direction Plovdiv. Cent cinquante kilomètres pour rejoindre le tournage. Hôtel Royal.

Royal mafia, dit-on. Petit hôtel tout neuf, faussement chic, mais luxe Europe de l'Est, genre nouveau riche, comme on peut en trouver à l'Est aujourd'hui, comme à Moscou.

Lundi matin.

Ciel très bleu. Mon manteau très rouge, béret de velours, arrivée en voiture à l'hôtel où je vais remettre au mari de Sandrine-Marie, Alexeï, la nouvelle de son départ pour la France, si elle le veut. Presque la fin du film. Je me sens très vite dans le souvenir du *Dernier Métro*. La Kommandantur. Très bel et vieil hôtel où loge une partie de l'équipe. Grands canapés rouges, immense bar à l'entresol, boiseries sombres. Monumental mais chaleureux. Intact dans son passé. Régis assez en forme, il me semble. Je vois la première projection sur télévision, montée déjà et en musique. Très prometteur. Très belle photo de Laurent Dailland. Sandrine est magnifique, belle aussi et c'est très important pour le film. Régis a prévu un verre sur le palier de sa chambre. Très bien, toujours un petit peu raide comme il peut l'être, toujours contrôlé, mais, dans ces pays-là, je pense que c'est un avantage car tout est un peu difficile, quand même. J'étais contente d'arriver sur un film où je connais déjà une partie de l'équipe. Déjeuner dans la grande salle à manger de l'hôtel, d'immenses tables longues, parallèles, un peu stalinien tout ça, dans l'architecture. Je plaisante pas mal pour détendre Régis, en toutes circonstances, car malgré tout c'est toujours un peu tendu sur le plateau et il aime la discipline. Ah, un papa militaire, ça ne doit pas s'oublier comme ça ! Je porte des chaussures à bouts ronds, comme Minnie, des bas, eye-liner et lèvres rouges. Tout cela aide à être Gabrielle. Je n'ai pas encore beaucoup tourné, très peu parlé.

Hier, tournage au studio. Grand bâtiment néoclassique que je croyais plus ancien et qui date des années soixante paraît-il, délabré mais repeint pour le tournage, sommaire et vieillot. Beaucoup de monde. Équipe bulgare très importante. Un interprète pour chaque équipe. Nous sommes une centaine. Le plateau lui-même, très vieux, en bois, a un son incroyable qui me rappelle le vieux studio de Boulogne-Billancourt. Nous tournons sur fond bleu des scènes de voiture. Plutôt fastidieux, mais c'est une technique qui impose ce rythme de découpage aussi. Vivement les scènes de théâtre et d'ambassade. On en parle avec Sandrine, c'est vrai que c'est très découpé et tellement abstrait par rapport à la situation que c'est assez difficile. Surtout pour elle, entourée de néons, de silence, la caméra si proche malgré le pare-brise. C'est son départ, la fuite, l'abandon et puis, là, on est un peu dans une bulle de lumière.

Grande suite présidentielle au Kempinski, un peu éloigné de la ville malheureusement. Je ne tourne pas aujourd'hui, alors je pars en ville avec mon charmant chauffeur-interprète, Yavor. Il neige et il fait moins froid. Visite de l'église russe Saint-Nicolas. Je mets deux cierges devant ces belles icônes pour A. et C., pour qu'ils aillent mieux, pour penser à eux encore plus. Déjeuner au Krim, ancien club russe. C'est difficile de manger sans poivrons, sans concombres et sans porc ! Tout est gras. Je me rabats sur les salades tomates-feta ou le restaurant japonais de l'hôtel.

Le groupe électrogène a été volé dans la nuit à Plovdiv, malgré la surveillance de la police. C'est énorme. Le ministre de l'Intérieur est intervenu et, après avoir fait la une des journaux, il sera retrouvé, embourbé à quinze kilomètres de la ville. Et puis aussi, le plateau défoncé par le camion trente tonnes hier, qui, plutôt que de sortir la voiture pour tourner, a pensé entrer carrément dans le studio ! Quelques heures de retard seulement.

Aujourd'hui, tournage – la fin du film – à la frontière de l'ex-Yougoslavie. Il a neigé, beaucoup, une heure et demie de route. On espère que tout sera praticable. Heureusement, pas de vent, soleil proche derrière le plafond bas, nuageux, belle lumière et ce décor si classique ! La passerelle, les gardes en uniforme, les bergers allemands prennent une autre allure sous ce manteau blanc. Quelques plans seulement pour nous dans la vieille Mercedes. L'attente, les papiers, l'échange, mais il fait très froid sans bouger, heureusement que j'ai ces petites semelles chauffantes. Dernier plan. La voiture, harnachée comme une voiture de traîneau, sera tirée par les machinos encordés sur la longueur du pont pour éviter la voiture-travelling ; le temps aurait manqué, la lumière tombe si vite. À cinq heures, c'est fini. Je suis impressionnée en voyant le panneau « Yougoslavie – 5 km ». Tant d'horreurs, si proches.

Dimanche.

Visite très spéciale de l'église de Boyana, à ma demande, commentée par le conservateur de ce musée. Des fresques du XIIIᵉ siècle, certaines en cours de restauration. Une merveille. Pas d'ouverture donc des couleurs intactes mais en restauration car la rivière souterraine a fait des dégâts. Par endroits, d'autres fresques antérieures apparaissent sous les dernières du XVIIᵉ ; un œil étrange et si vivant. Un Christ très émouvant, saint Nicolas, bien sûr, parfois des visages dont les yeux nous suivent quand on se déplace. Ensuite, avec le froid polaire, visite de l'église Alexandre Nevski. Nous tombons sur un mariage orthodoxe. Mariée poupée Barbie rigolarde, en blanc, ce qui n'est pas « orthodoxe ». On nous offre des biscuits à la sortie, cela ressemble plutôt à une bénédiction hâtive.

Lundi 23.

Il faisait froid mais si beau en arrivant, puis la neige, mais maintenant ce ciel gris, plombé, qui va hélas trop bien avec la couleur de tout, des maisons, des rues – défoncées –, des gens. Tristesse encore plus que pauvreté. Tournage de nuit au théâtre. Mon arrivée au commissariat dans ma tenue de scène – marquis. Il a neigé, ce qui rend ce décor très photogénique. Régis n'a pas filmé en début de soirée. Le décor ne lui convenait pas, visiblement le décorateur russe n'a pas pu livrer des décors assez tôt. Nous changeons tous les deux jours, presque, alors qu'en Russie il a parfois deux ans. Loges de théâtre – tellement réalistes que j'ai un peu d'angoisse – devant ces coiffeuses encadrées de haut-parleurs, qui fonctionnent car ils jouent. L'angoisse de la scène, ici pourtant nous ne ferons que les coulisses. Est-ce que cela me rappelle aussi mon enfance ? Cette époque dans cette ville ? Mélancolie et refus aussi.

Mardi.

Marie Tudor, presque rousse et maquillage de scène, très beau costume noir et or, très théâtre de cette époque. Un poids terrible avec le corset. La journée sera très longue et le plan de travail très serré.

Jeudi.

Le palais, en dehors de Sofia, du tsar Siméon. Grande demeure gardée mais en quel état ! Froid glacial, comme seules les maisons ni chauffées ni ouvertes peuvent le connaître. Escalier de marbre qui me refroidit davantage. On se chauffe avec des canons à gaz qui me donnent la migraine. Au bout de deux jours, ma pièce parfumée à l'encens à la rose et les peaux de mandarine que je fais griller devant le gaz dégagent une atmosphère plus engageante. Mais il faut repartir. Impression d'après-guerre. Oui, quand je vois ce polaroïd, dans le fauteuil, devant le chauffage, manteau de fourrure sur les épaules. Ce personnage est un peu la prolongation de Marion, du *Dernier Métro*, sans la complexité amoureuse. Non, ce n'est pas mon histoire dans le film. Ouverture et fin du film, Gabrielle vit, existe, use de son pouvoir d'immensité et de ses influences. Plus mûre que moi, sûrement. J'ai toujours du mal à apprendre parfaitement le dialogue. Pas seulement un refus de travail, une envie aussi, je crois, de garder de la vie pour le tournage. Peut-être ai-je tort. Être « débarrassée » des problèmes de texte est un atout, mais je crains toujours la « mécanisation » du texte, sa rapidité, sauf pour les très longs dialogues. J'ai besoin d'incertitude, pour tout d'ailleurs. Mais je me fais piéger parfois, l'incertitude du texte m'enlève de la liberté pour jouer autre chose que le texte. C'est toujours si rapide, le tournage ! Et là, je sens pour Régis le manque de temps, quatre ou cinq prises maximum. Il faut avancer, bien qu'il soit attentif à obtenir l'essentiel pour chaque plan, parfois deux caméras, on gagne du temps et c'est tellement plus agréable d'être totalement avec son partenaire. Scène de dispute avec l'ambassadeur (René Féret), très juste et tellement dans l'époque avec ce physique et cette coiffure légèrement désuets. Ma crainte toujours, une forme de raideur car la mise en scène de Régis n'est pas enveloppante, plutôt frontale – un peu comme lui. Laurent Dailland est au cadre et j'aime bien son regard, sa douceur et sa grande énergie. Si on ne demandait pas le silence aussi violemment, l'ambiance serait tellement plus chaleureuse. Mais tout va bien quand même, je suis peut-être trop fatiguée, les journées me semblent longues. Je bois beaucoup de thé. Petits Lu et chocolat, car la cantine n'est pas terrible. Beaucoup de mal à m'endormir le soir.

La fin du film à l'ambassade. Les journées sont si courtes. Un vent très froid, tout mon visage se rétracte et, malgré les chaufferettes dans les chaussures – mais je porte des bas nylon à couture –, je ne pense qu'à la fin de chaque plan pour aller au chaud. Pas d'arrêt déjeuner. Un saut à l'ambassade d'Italie, où l'on m'a invitée à manger des pâtes au premier arrêt. J'en ai profité, elles étaient accompagnées d'un verre de vin blanc et je me sens prête dehors à supporter beaucoup plus facilement le froid, les derniers plans. Le jour baisse si vite, quatre heures, une pluie fine comme de la neige fondue. Malgré les deux caméras, nous ne pouvons finir la scène. Il faudra revenir samedi car c'est le seul jour autorisé pour tourner dans la rue des ambassades, près de la cathédrale Alexandre Nevski. Régis est assez fort dans l'adversité, comme s'il était seul contre tout. Contre tous. Je ne suis pas trop là, mais ce n'est pas grave pour aujourd'hui. Je m'inquiète des chaussures trop « clean » de Sandrine pour la scène, patatras, Régis repart en guerre – ce que j'ignorais – contre costumes et maquillage. Mais c'est vrai qu'on est en Russie, dans les années cinquante. Curieusement, il semblerait qu'il ait renoncé. Il veut que Sandrine soit belle, par ailleurs, mais il faut crédibiliser l'époque et leur vie dans ces appartements communautaires. C'est toujours un dilemme, la reconstitution, il faudrait inventer et puis détruire un peu. Pour cette même raison, Régis veut refaire une scène avec Sandrine dans la piscine désaffectée. J'ai eu parfois ce conflit dans *Indochine*. Je promets d'être plus vigilante. Toujours penser au film, on n'y pense jamais assez. Performance incroyable de l'acteur russe Oleg, qui apprend phonétiquement son rôle et qui arrive à jouer vraiment. Son coach le lui écrit en cyrillique phonétique. C'est terrible et très courageux. Acteur très secret, nerveux et fermé, attirant. Masculin, féminin ?

J'ai piqué une poubelle émaillée des années cinquante au théâtre, qui sera superbe repeinte !

La neige, ce soir samedi. Silence, douceur, misère cachée. La neige sied à Sofia. Sandrine donne une fête ce soir à la Maison Bleue, très sympathique. J'essaye de danser mais je n'arrive pas à participer vraiment, je reste au bord, malgré la présence si gaie d'Hubert Saint-Macary, et je connais une partie de l'équipe, mais je me sens de passage. Ce n'est pas vraiment mon film. Je ne tourne que trois semaines. Je ne m'en rends compte que lorsque je tourne avec Sandrine finalement, qui est l'héroïne. Pas si facile. C'est mieux quand je ne suis pas directement confrontée à cette réalité. Je ne suis pas habituée à ne pas être centrale, même sur une courte durée. J'ai pourtant fait plusieurs participations cette année. Carax, Garrel et bientôt Ruiz. Travailler moins – et plus.

Lundi, décembre.

Pas de tournage pour moi. Je traîne. Sauna, courses en ville et couleur de cheveux avec Agathe. Apprendre à finir. Apprendre le texte de Marie Tudor et des autres scènes de la semaine, car tout va s'enchaîner assez serré maintenant.

Mardi, décembre.

Je commence plus tard, j'aime ça. Quelques inquiétudes, être sur scène pour une pièce très théâtrale dans une si grande salle. Parlement aujourd'hui, siège du Parti communiste hier. Quatre cents figurants. Décor sans décors, fond noir, oriflammes dorées, une méridienne noire, sol noir, costumes noir et or. Lumière très directe, les spectateurs du premier rang sont éblouis, l'éclairage étant fait pour être filmé par la caméra qui est dans la salle. Une fois encore, je pense au *Dernier Métro*.

Quelques prises seulement, deux caméras, pas de plans serrés. Régis, avec qui j'ai répété un peu, n'en menait pas large non plus !

Je suis contente que ce soit derrière, ce soir. Être sur scène m'est difficile. La salle étant en plus éclairée, presque filmée.

Costume lourd qui porte et vous ligote. Le port du corset m'éclaire. Ligotées par le corps, ligotées dans la tête. Tellement de choses que l'on ne peut pas faire dans cette tenue, de liberté entravée ! C'est une prison pour le corps et la tête aussi. L'abolition du corset est une révolution !

Tournage au théâtre, en marquis. Salut sur scène. Plancher de bois, très vieux plateau qui me rappelle le studio de Boyana. Plus vrai que tout ce que l'on aurait pu fabriquer pour une scène de cette époque.

Rebelote samedi, 8 h 30, pour finir la scène devant l'ambassade. Un ciel bleu magnifique. Il faut couper pour le déjeuner car il y a trop de soleil sur la place ! Tournage à l'université supposée couloir du TNP. Je porte un très beau tailleur noir aux poches brodées de fleurs. Les cheveux en rouleaux sur les épaules. Deux plans seulement, mais il est tard déjà. Je me sens présente mais de passage. Régis annonce mon départ pour mon dernier plan. Heureusement je n'ai pas à dire au revoir, car il y a une fête ce soir, donnée par l'équipe costumes-maquillage.

Il faut que j'essaye de parler avec Régis, avant de partir, du problème Serguéï. Idéalement, il faudrait le doubler en partie. Il parle, mais n'est pas assez libre du français.

Le Vent de la nuit

1998

Réalisateur : Philippe Garrel

Scénario : Philippe Garrel, Xavier Beauvois, Marc Cholodenko, Arlette Langmann

Distribution : Catherine Deneuve (Hélène), Xavier Beauvois (Paul), Daniel Duval (Serge), Jacques Lassalle (le mari d'Hélène)

Directeur de la photographie : Caroline Champetier

Costumes : Elisabeth Tavernier

Musique : John Cale

Sortie en France : 3 mars 1999

Premier jour de tournage, 27 avril. Froid, vent, j'arrive les cheveux mouillés pour faire la mise en place comme Garrel le souhaite – finalement ! – avant de placer la caméra. Tournage chronologique, rue du Mail, l'escalier – très beau, XVIIIᵉ, très simple – vers jardin, les contremarches. Je le sens heureux, assez excité. Cheveux longs poivre et sel, yeux bleus intelligents et rieurs. Une belle gueule pour cet ancien beau garçon qui a dû bien abuser. En principe, répétitions pour ne tourner si possible qu'une fois. Il a l'air si sûr de ce qu'il fait tout en laissant beaucoup de place à ce qui arrive. Nous tournons en scope. « Ne pensez pas à jouer. Soyez dans la pensée du personnage, soyez simple, la pensée ça suffit. Si vous pensez, vous êtes juste. » Petite journée. Sentiment de liberté, de simplicité. Il ne veut aucune contrainte pour les acteurs. Équipe légère mais complète. Ne manque que la scripte ! Il dit qu'il n'en a pas besoin. « Souvenez-vous de ce que vous avez fait le plan d'avant. » Il ne reprend jamais la scène. Gros plan, scope, ou plan à deux. C'est étrange. Il faut être très présent, c'est si bref.

Tournage villa Brune. Intérieur du studio minuscule. Avec Xavier, pâle comme toujours, aigu, présent, whisky dans son gobelet en plastique. Nous devons nous embrasser. « Si Catherine veut ! » dit Philippe. Pas vraiment en plaisantant. Matelas au sol, drap froissé. Une prise. Plan de Xavier dans la salle de bains. Je regarde la caméra. Plan de Xavier me regardant à la caméra. Que des plans brefs, forts, il ne veut rien user. La pensée, toujours. Pas les mots. Nous cherchons ensemble dans ce décor exigu où les techniciens sont plus proches que Xavier. Un peu oppressant mais il y a aussi une telle légèreté. Je sens que tout le monde fait « son » film. S'il avait pu filmer chez moi ou tout près, avec mes costumes, il aurait été très content. Pas pour un souci de vérité mais pour simplifier car cela ne compte pas trop pour lui. Pas de couleurs. Pas de choses qui brillent. Avec Elisabeth, la costumière, nous sommes restées parfois déconcertées devant ses refus très simples, même pour la maille (trop brillante). Xavier porte sa veste de cuir bien patinée (offerte par Doillon sur *Ponette*). Il a quand même une belle chemise gris-bleu mais lui s'en serait bien passé. Je crois savoir qu'il a deux vestes, un imper, des chaussures impec et cirées. Des chemises très blanches pas repassées. Il est élégant, très attentif, intense.

Rue du Mail, extérieur. Pas de service d'ordre. Compliqué, mais il a l'air très content, il arrête la circulation, aidé de son assistante Aude et du régisseur. Les plans ne sont pas longs, on n'a pas le temps d'entendre les klaxons. Je lui demandais si cela allait, il semblait très excité (il y a trois ans qu'il n'a pas tourné). « Oui, oh, là, là, j'ai pris le large. » Je suis contente, un peu désarmée d'être sur son bateau. J'avais envie de cette rencontre. Nous avions eu un projet il y a deux ans. Tout est nu, fixe et en projection, je trouve une certaine intensité dans ces plans fixes. Il a d'ailleurs pris un cadreur pour que Caroline Champetier puisse se consacrer à la lumière. Après les essais, elle a choisi la Fuji, plus douce. Quelques plans rudes (mauvais profil, caméra basse). Je lui demanderai, je sais qu'il sera d'accord, de les refaire. Plan dans la cuisine où j'écris, les yeux baissés forcément. Table formica d'un rouge vermillon, qu'il a fait faire spécialement ; comme la Porsche que conduit Daniel Duval, repeinte pour le film, et comme mon manteau, teint sur mesure. Pour le point, le cadre, une seule prise c'est un peu angoissant, il n'y a que R. Levert au son pour être tranquille. Il écoute beaucoup et cède assez facilement s'il y a des problèmes techniques. Il a l'essentiel dans la tête. Il marque lui-même ses places, à la craie, comme un chef machino. Il aime, je sens, cet aspect prolo du cinéma. Concret et artisanal. Le luxe, c'est le scope, la couleur et ma grosse caravane !

Indochine

1991

Réalisateur : Régis Wargnier

Scénario : Régis Wargnier, Catherine Cohen, Louis Gardel, Erik Orsenna

Distribution : Catherine Deneuve (Éliane Devries), Vincent Perez (Jean-Baptiste Le Guem), Linh Dan Phan (Camille), Jean Yanne (Guy Asselin), Dominique Blanc (Yvette), Henri Marteau (Émile Devries), Carlo Brandt (Castellani), Hubert Saint-Macary (Raymond), Andrzej Seweryn (Hebrard)

Directeur de la photographie : François Catonné

Costumes : Gabriella Pescucci

Musique : Patrick Doyle

Sortie en France : 1992

Samedi 20 avril.

Arrivée après vingt heures de voyage.
Plus dormi que d'habitude, plus froid que
prévu. Ciel lumineux et plombé, on nous
attend en bas de l'avion, belle voiture aux
sièges de velours cramoisi, mon chauffeur
parle parfaitement français. Nous atten-
drons dans un salon aux sièges raides
recouverts de housses blanches, longues
tables et fleurs en tissu, le temps de
dédouaner les bagages et ce n'est pas sans
me rappeler les salons officiels de Shanghai
pour les hôtes de marque. La douane est
interminable, je m'endors tranquillement
en chien de fusil sur la banquette rigide.

Arrivée à l'hôtel (copie conforme paraît-il d'un hôtel cubain !), pierres grises, petites fontaines jaillissant sur des bambous, des gros galets plats, des passerelles, un escalier en colimaçon pour une partie de l'étage, disparate, pas trop net mais personnel très souriant et comprenant assez bien le français. C'est l'Hôtel International d'Hanoi, de toute façon ma suite est à l'extérieur, suite de cubes sur pilotis reliés par des passerelles de bois suspendues au-dessus d'une grande mare vaseuse, où femmes et enfants s'affairent activement à plonger les bras, pantalons relevés, pour en sortir crabes, moules et autres bestioles, certains pêchent et sur les bords « elles » tirent des filets jusqu'à des heures avancées de la nuit... Beaucoup plus de femmes et d'enfants, ce qui est assez frappant aussi sur les routes, beaucoup de cantonnières, grands chapeaux et foulards identiques pour se protéger de la poussière, ce n'est qu'à leurs gestes et leurs attitudes plus gracieux qu'on les distingue des hommes.

Visite en fin de journée de ce que j'appellerai « Cinecittà », où toute la production du tournage ainsi que les ateliers de construction, décors et costumes se font. L'endroit est délabré mais grand, spacieux et plein d'atmosphère. L'atelier de couture est très étonnant, tout un village (hommes et femmes) a été déplacé afin d'exécuter les travaux de broderie pour les scènes de cérémonie. Hommes ou femmes très jeunes, aux gestes brusques mais réfléchis, car il faut percer la soie ; bruit très caractéristique des aiguilles traversant les tissus tendus sur des bambous et qui sonnent agréablement comme des cordes, sous les néons bleus. L'atelier de teinture, grande pièce carrelée où traînent encore les lessiveuses et les cotons aux belles teintes végétales, puis les ateliers où les masques, les jouets en papier, les oiseaux et même les mobiliers particuliers se fabriquent, certains pour être envoyés en Malaisie.

Dîner au 202 (nom du restaurant qui porte son numéro de rue), que des Français autour de nous puisque l'équipe de *Diên Biên Phú* est ici actuellement, crabe farci et thé amer (demander l'eau « cuite ») et retour par ces rues pleines de vie jusqu'à onze heures le soir.

J'habite à Haiphong, un bel endroit où

on ne peut loger qu'une dizaine de personnes, plus résidence qu'hôtel, grandes
chambres spacieuses avec ventilateurs au
plafond et fenêtres aux volets de bois qui
ouvrent sur une terrasse desservant tout
l'étage. Simplicité mais luxe quand même,
frigo, moustiquaire et grand tapis. Je ne
regrette pas d'avoir apporté mes ampoules
de cent watts pour lire le soir.

Lundi 22 avril.

J'ai pris le bateau pour rejoindre le tournage de la scène du fort, grande baie pro-
fondément ancrée avec ces montagnes
pains de sucre et parfois les sampans aux
voiles sombres qui se détachent comme des
papillons sur l'eau verte.

Décor superbe volé sur les rochers de
coraux qu'ils ont fait sauter à la dynamite
afin de créer des marches pour avoir accès
à un sommet qui permet d'embrasser deux
axes où le décor a été construit, guérites de
bambous, ponton d'un côté, bureau hôpital
de l'autre. Superbe dans sa simplicité et
toujours cette fabrication artisanale si per-

ceptible de fragilité et de résistance, comme eux ! La cantine française est installée entre les bateaux comme une péniche sous une tente rayée et nous avons des bus aménagés sur des bateaux comme des trailers, frigo, lit, toilette. Tout cela sent une minutieuse préparation pour un tournage que l'on sait être long et que l'on souhaite le plus confortable possible. Mais je ne l'imaginais pas tant ! On nous avait même recommandé d'apporter du savon, mais c'est surtout pour l'alimentation que j'ai pris des précautions – yaourts, miel et thé comme les Anglais.

Mardi.

Dernière journée de vacances avant le premier jour, mon premier jour de tournage, le bagne de Poulo Condor, presque les dernières scènes du film, en tout cas ma dernière pour ma rencontre avec Linh Dan, Camille dans le film, ma fille. Difficile – en dehors des hasards de lieux de tournages irremplaçables – d'imaginer plus dur que d'attaquer par notre scène d'adieu ! Il ne faut pas avoir peur, faire confiance à la scène, à sa force.

Mercredi.

Lever 6 h 30 pour ce premier jour car la route est mauvaise et il faut prendre le bac. Presque une heure pour ces quelque trente kilomètres. Détails du décor inouïs, la mer retirée, longues étendues de boue et au milieu une longue jetée dans laquelle œuvrent les prisonniers et ma Camille, tout au fond ces montagnes pains de sucre qui plongent dans la mer, les murs de charbon autour. La poussière noire vous envahit avant même de pouvoir se protéger, figuration plus vraie que nature. Retard surtout car les bagnards sont trop jeunes pour des prisonniers politiques et Régis refuse de tourner cette scène capitale sans l'image de cette colonne qui doit évoquer tout un monde enfin libre. Ensuite ce sera la lumière, soleil, pas soleil. Mise en place relative car la scène sera beaucoup sur l'émotion, long plan au steadycam puis deux gros plans simultanés à deux caméras. Donc n'usons pas la scène.

Je retourne dans mon bus où je m'endors tranquillement jusqu'à ce que l'on me libère sans espoir de tourner même le premier plan d'arrivée. Cinq heures. La journée n'est pas perdue pour tout le monde, la première partie de la scène sans moi semble s'être très bien passée malgré des conditions difficiles, car la régie vietnamienne est très habile pour manipuler, faire monter les prix et faire peu de cas des villageois. À deux heures ils n'avaient rien mangé depuis le matin, relevant le bas de leur tunique pour se protéger du soleil. Tout l'argent de leur déjeuner n'a pas l'air d'être investi par les responsables dans les repas, détournements conséquents apparemment, mais les relations sont délicates et indispensables car nous tournons jusqu'au 15 mai.

Jeudi.

Après une nuit incomplète, je me sens fatiguée pour attaquer ma première vraie journée. Heureusement, les plans du matin les retardent et je récupérerai une bonne heure et demie dans mon autobus. Régis nous parlera séparément, à Linh Dan et moi. La scène est forte en émotion, on ne répétera pas beaucoup, sauf la figuration, prisonniers, soldats, police (jouée par des Russes et des Bulgares !), une caméra longue focale et le steadycam pour nous deux. De ma course vers elle jusqu'à son refus de venir. Régis souhaite finir en très gros plan, deux caméras pour ne rien perdre, et je lui sais gré de ne pas avoir à se préserver, à prévenir de l'urgence du temps pour les acteurs dans les scènes d'émotion. Une lumière plombée, un grand calme et Régis qui nous parle à l'une et à l'autre jusqu'au dernier moment. Je le sens impatient avec le cameraman steadycam, « instrument » plus incontrôlable pour lui. J'aurais du mal à reconnaître Linh Dan dans la file des prisonniers tellement son allure a été cassée (je suis contente d'avoir suggéré cette mèche blanche dans ses cheveux si noirs, qui lui donne comme une blessure émotionnelle). Très peu de prises et la lumière nous lâchera, on ne pourra finir la scène, jé pense que ce sera dur, surtout pour elle, moi je l'écoute, mais pas le choix, il faudra savoir en faire un avantage.

Vendredi 26.

Le sort est avec nous et avec moi, j'ai beaucoup dormi, peut-être huit heures d'une seule traite, ce qui ne m'était pas arrivé depuis longtemps. La lumière n'étant raccord que l'après-midi j'ai tout le temps de me préparer. Finalement le temps aide souvent car la scène ne se termine pas dans l'urgence que nous aurions eue la veille étant donné l'enfer et l'importance du texte. Régis sera plus exigeant et, malgré l'émotion, nous fera refaire sans doute plus qu'il ne l'aurait fait ; elle est d'ailleurs plus longue et me paraît ainsi plus juste pour le déchirement de cette ultime séparation.

Je sais que je suis aimée et admirée, je le sens, mais dans une ambiance chaleureuse, je sens que tout le monde vit un grand film, ce qui ne garantit rien à l'arrivée mais quel plaisir de plonger dans de vraies scènes, vraiment dirigées, vraiment mises en scène. Les costumes de la figuration sont magnifiques, teints à la main dans des tons indéfinissables, Pierre-Yves a fait un travail de Romain, c'est le cas de le dire, chaque jour il commençait à l'aube mais il sait que ça se verra. Je me sentais légère et détendue en reprenant le bac ce soir pour rentrer à l'hôtel, il faisait presque nuit, 19 h 30 et déjà je me suis habituée à courir sur les rails de la route au milieu des camions, voitures, vélos, buffles tirant les charrettes et tous ces gens autour de nous toujours besogneux, jamais les mains vides ; rien ne traîne jamais, tout est pris, transformé et recyclé.

Samedi 27.

Dîner souper orchestre ce soir à l'hôtel jusqu'à l'aurore au micro d'Olivier, assistant régie, et pour l'occasion « Lou Reed métissé de Tom Waits », la soirée sera un peu guindée, enfin tout de même jusqu'à trois heures du matin, je pense que les calories du champagne se sont bien éliminées, à la première danse, trem-pée !

Linh Dan radieuse, enfantine, intelligente avec des fous rires et des fossettes adorables. Vincent beau, pur et mystérieux. Grande délicatesse.

Andrzej Seweryn, coupe rasée, mécon-

70

naissable et Polonais pure souche, chemise mouillée en moins de temps qu'il n'en faut pour le dire, dansant comme un acrobate et accent irrésistible.

Une équipe régie et mise en scène impeccable, sympathique et passionnée. Ils se font des dix-huit heures par jour, facilement, sous l'œil calme et implacable de Régis qui ne pense qu'au film et aux acteurs. Vampire généreux, attentif mais fils de militaire !

Nous allons quitter la baie d'Along, son hôtel pension de famille, calme et aéré. Sur les hauteurs, un grand bâtiment carré, on me dira que c'est le sanatorium, ici encore beaucoup d'exploitation de charbon, plus qu'artisanal et qui fait donc toujours des ravages.

Route longue et difficile, les vélos ne se rangent jamais. Cinq heures pour cent soixante-dix kilomètres ! Trois bacs à traverser, parfois complets, charrettes, enfants, camions, poulets. Orage diluvien sur Hanoi, il fait presque trente degrés.

Mardi 30.

Direction « Cinecittà ». Les ateliers de brodeurs toujours aussi fascinants, les charpentiers sont en train de finir les catafalques, piliers de laque rouge sculptés dans la masse, de même que ces costumes brodés à la main. Je me demande si Régis pourra, avec le plan de travail si serré à Huê (un jour pour l'enterrement sur la rivière, un jour pour l'attentat mandarin !), filmer toutes ces beautés, les scènes sont déjà si difficiles, je lui souhaiterais quatre caméras.

Arrivée au village. Nuée d'enfants et de femmes, de vieux et de zébus, enfants peureux mais qui nous suivent. Les femmes belles et très souriantes. Toutes les rues sont en brique, souvent les maisons en pierre avec des porches sculptés. L'eau partout, ces canards, ce vert éclatant de la végétation aquatique, et arrivée à la maison principale. Cérémonie du thé très simple avant d'aller voir les brodeurs qui, ce jourlà, travaillent dans la pagode, qui ressemble à un grand préau. Vision magique. Ils nous regardent à peine, très concentrés sur ces ouvrages compliqués, tuniques brodées pour la cérémonie du mariage, dragons, montagnes, nuages. Les pièces sont tendues et hommes et femmes travaillent sur un panneau entier, face à face, assis en tailleur. Il est six heures, pas de lumière électrique, et j'apprends qu'ensuite l'équipe du soir prendra la relève.

Nous aurons quelques difficultés à repartir car la police du canton n'a pas été prévenue de cette visite et nous sommes sortis de la région d'Hanoi, ce qu'il aurait fallu signaler, demander l'autorisation même. Le responsable a beau être le frère de l'administrateur des brodeurs, il y aura procès-verbal. Beaucoup de thé bu lentement. Pierre-Yves Gayraud, le costumier, nous fera partir et réglera sans nous les formalités pour nous éviter encore une demi-heure d'attente. Ciel rouge feu et, de nouveau, orage violent. Nous mettrons plus d'une heure pour rentrer à Hanoi, croisant des cyclo-pousse recouverts de plastique mais pédalant toujours. Ils ne s'arrêtent jamais.

Vendredi 3 mai.

Retour au studio Cinecittà pour essayer un costume indochinois que je souhaiterais porter pour la scène de la pagode où je vais faire des offrandes après la disparition de Camille. Je pense qu'il n'y a pas trop d'occasions de montrer Éliane « née » en Indochine, et dans un lieu de culte cela me semble approprié. L'assistant aux costumes, Albert, craint, non sans humour, le côté Joan Crawford. C'est vrai que sur une Européenne cela devient vite un costume. De toute façon ce qui est prévu par Gabriella, bleu marine, très strict, est superbe et presque de forme tunique donc peu marqué pour être au milieu des figurants costumés. Chaleur humide très lourde. J'essaye une tunique brodée marron glacé magnifique prévue pour quelqu'un d'autre mais qui pourrait facilement être remise à ma mesure. Pantalon noir, turban de soie. Je propose à Régis d'essayer les deux versions sur place, au milieu des autres femmes.

Samedi 4 mai.

Déjeuner avec Vincent au Chaka, le vieux restaurant d'Hanoi, plat unique, sorte de miso au poisson (Chahe). Il est beau et d'une beauté craquante avec un sourire éclatant et doux troublé par un regard souvent grave et même parfois absent. Je le sens sérieux et pudique. Il a commencé par les scènes les plus dures, le grand voyage dérive avec Camille. Des « états » plutôt que des scènes à jouer.

Dimanche.

Les visites chez les rares antiquaires se font durement ressentir dc la présence de *Diên Biên Phú* depuis six mois ! De toute façon, il est interdit de sortir des antiquités, mais j'aime acheter quelques objets qui décorent ensuite ma chambre et signent le film.

Dîner ce soir chez l'ambassadeur Blanchemaison, neuf Français et une délégation vietnamienne importante mais soirée assez informelle malgré tout. Le ministre des

Affaires étrangères devra partir avant le dîner à son grand regret. Il semble qu'un congrès important se tienne avant un mois. Sont présents le responsable du cinéma, de la télévision, de la radio, et le ministre de la Culture à ma droite. Il me parle évidemment des difficultés devant tant d'objectifs à remplir et m'explique qu'ils commencent à peine à mettre en œuvre une organisation légale pour la protection des œuvres d'art, d'où parfois quelques excès de zèle. « Vous vivez sous un régime de lois, nous sommes issus de coutumes. » C'est vrai que les lois sont aussi rigides et puis, me dit-il, trente ans de guerre... Ils sont très resserrés et très malins, intelligents bien sûr. Et cette impression que j'ai à peu près partout ici, malgré les difficultés, ils ne renoncent jamais, ils sont fins, souples, et ont une grande capacité de résistance. On imagine, même en ville, comment les Américains ont pu perdre cette guerre.

Lundi 6 mai.

Départ vers 10 h. J'ai mal à la gorge, trop de climatisation et de chaleur, mais je n'ai pas de texte aujourd'hui. Nous partons pour China Thay tourner dans un village et plus particulièrement dans une vieille pagode où j'irai porter des offrandes pour le salut de Camille. Villages moyenâgeux, celui où nous arrivons est étonnant de calme et de mystère, de grands rochers noirs couverts de végétation l'enserrent, un pagodon au milieu d'un étang où des enfants se baignent dans une eau trouble, autour des maisons de terre et de chaume, et toujours ces petites échoppes à l'extérieur. Régis m'attend sur la place, il fait déjà trente-cinq degrés et personne n'a pu entrer encore dans la pagode qu'il voulait me faire découvrir seule. Une chose unique ! Deux bâtiments sombres, bas de plafond, des colonnes très épaisses, des stores de bambous et, derrière, des autels avec des statues géantes aux visages si expressifs, comme des masques de théâtre, que je reste pétrifiée. Les statues ont l'air d'avoir été mises avant les murs tellement elles sont gigantesques, des bonzesses sur des nattes, des lys encore et de l'encens. Je tournerai un long plan derrière ces statues dressées, certaines comme des juges, pour venir m'incliner à l'autel et offrir (Régis en a eu l'idée ce matin) un bijou que je voulais prêter à Camille et que l'on verra au début du film dans nos moments de bonheur. Il n'est pas difficile de se concentrer dans des lieux comme celui-là. Je redoute la Malaisie, je sais que les décors seront superbes, mais l'atmosphère ? C'est ici, on le sent, un peuple spirituel et le tourisme n'a pas encore investi Hanoi ni la baie d'Along. J'attends jeudi Saigon.

Ce soir, il faudra fermer toutes les portes, les crapauds-buffles recommencent à chanter. On a dû dire à Régis qu'il avait les yeux verts, il décline chaque jour un pantalon vert et un T-shirt turquoise comme les chirurgiens et avec lui on peut en rire, ce qui est plaisant étant donné l'investissement qu'il met dans ce film. Tout le monde travaille au mieux de ses possibilités mais quand les acteurs arrivent pour répéter cela devient la priorité absolue, et on se sent plus vite plus près de tout et lui très proche de nous.

Il a parcouru 6 500 kilomètres en minibus pour faire les repérages, il y a un an et demi seulement. Quand je vois l'état des routes et toute cette équipe en train de tourner – déjà –, je me dis qu'il y a encore assez de fous et de gens de bonne volonté pour faire un certain cinéma. Car c'est un film cher mais juste pour son ambition cinématographique et le film durera trois heures. Il ne faudrait pas d'imprévus, pas de dépassements, personne n'a le droit de tomber malade, presque tous sont irremplaçables. D'ailleurs, j'ai apporté dans mes malles pain, biscuits, miel et yaourts « kphyllus » impérissables de la ferme de l'Inra. Même les rats ont apprécié, un soir, dans ma chambre, je les ai entendus puis vus découper soigneusement les couvercles de métal, mais j'aime les rongeurs.

Mardi 7 mai.

Journée tranquille mais lourde et humide. Nous décidons d'aller voir en fin de journée au même village la scène de théâtre en plein air qu'ils doivent tourner cette nuit dans un merveilleux décor de carton et de lampions de papier, devant deux cents figurants installés sur des bancs –

appuyés contre la pagode et devant un petit lac. Un vrai décor magique, éclairé aux lampes à pétrole – spectacle choisi avec risque par Régis et Catherine Cohen à Paris car trouvé dans des livres. Il aura la chance et l'obstination de trouver une troupe à Hanoi dirigeant un petit théâtre et qui assurera la mise en scène et le jeu des acteurs tel qu'il l'avait lu et décrit.

Je m'inquiète un peu sur la route en voyant des éclairs de plus en plus proches dans la direction du village. J'arrive juste à temps pour le tournage après de longues répétitions, un travelling d'un mètre trente et une deuxième caméra en plan plus serré. Durée totale de la scène qui sera filmée et découpée, décor, maquillage, costumes, musiciens, splendeur et féerie de couleurs, jeu de personnages, la princesse Linh Dan assise méconnaissable sous son maquillage et sa couronne, sa suivante, trois guerriers, et à droite et à gauche les musiciens. Réalisme et conte de fées, il fera deux prises. Quelques gouttes commencent à tomber, on installe des parasols. Vincent, qui attend dans sa caravane sous son maquillage guerrier étonnant (deux heures et demie de travail), s'abrite aussi et brusquement le vent, les lampes explosent. Comme un cyclone, une pluie diluvienne s'abat sur nous, le décor s'effondre presque complètement, personne n'a le temps de s'abriter et ceux qui auront rangé le matériel arriveront sous le préau de la cantine comme des noyés. De la boue presque immédiatement, dix centimètres d'eau, partout, engorgement, les cantines de boissons se mettent à flotter, je vois un aide-cuisinier égoutter des pâtes sous la pluie ! Dans une vapeur dont on ne sait plus d'où elle sort.

L'eau commence à rentrer dans la peau, presque tous sont torse nu, les femmes souffrent plus car le soir elles n'enlèvent pas le haut et donc rien ne séchera. Régis garde un moral et un calme souriant, surréaliste, aucune panique ni mauvaise humeur. Sans doute à cause de l'ampleur d'un désastre qui ressemble à un châtiment céleste, mais aussi beaucoup parce que l'atmosphère du tournage est très bonne. C'est dans ces moments difficiles que l'on peut juger de l'humeur d'un tournage. Lapin aux pâtes, brie et mousse au chocolat un peu molle mais délicieuse. Personne ne boudera ce plaisir, cette promiscuité dans ce lieu, et cet « état », le même pour tous, crée une extraordinaire unité. Alberto, à moitié nu, porte la couronne sur la tête, afin de la protéger ? Image de fête plus que de débâcle.

Impossible de reprendre, la pluie durera plus d'une heure. On parle de dormir chez l'habitant car les huit derniers kilomètres sont une piste assez défoncée. Il faut donc encore attendre. Nous partirons quand même en voiture les premiers, en éclaireurs, le chemin parfois essayé par Han avant de s'y engager pieds nus et pantalon retroussé. Le pire sera Hanoi, inondée dans certains quartiers, et dix fois nous serons obligés de faire demi-tour pour contourner certaines avenues. La dernière est à moitié coupée par un arbre déraciné comme un vieux géant. La dernière ligne droite, si je puis dire, sera la plus risquée, c'est le dernier parcours obligatoire avant l'hôtel et même très doucement la voiture peut s'embourber, je sais que l'on a l'eau jusqu'à mi-mollet. Nous passerons, lentement, et il faudra sauter pour atteindre l'allée des bungalows. Je vois encore Han pieds nus et pantalon aux genoux me dire bonsoir poliment. Nous avons mis presque deux heures. Les crapauds-buffles sont déchaînés, des éclairs sillonnent la ville avec tant d'intensité. C'est Hanoi et j'imagine Bagdad. Il pleut sur mon lit, les toits n'ont pas bien résisté. Je dormirai quand même, peu, mais ma sinusite ce matin ne s'est guère améliorée. Je dois passer aux antibiotiques. Heureusement je ne tourne pas. Le vélo est vraiment roi et cette nuit il n'y avait qu'eux et les cyclos qui traversaient sans difficulté Hanoi inondée, avec ce sifflement bizarre de pneus mouillés qui, en si grand nombre, montent en un bourdonnement d'insectes.

Vendredi 10 mai.

Il fait nuit, tout le monde est sur le plateau. Mais la scène est délicate, je décide de repartir après avoir fait transmettre un baiser à ma fille, je n'ai aperçu que son visage et celui de Vincent, masques de théâtre mêlés juste avant la naissance qui va les unir et fondre leurs vrais visages dans la chaleur et les cris de Camille.

Lundi 13.

Départ du Tang Loy vers huit heures en charter pour Danang afin de rejoindre Huê en voiture, deux heures de route. Petit grand drame à l'aéroport : mes costumes et mes chapeaux ont été, sans doute par manque de place, au dernier moment roulés dans un ballot de papier kraft et c'est un lot de tissu et de paille écrasée qu'Alberto, désespéré, a ouvert sur le sol de l'aéroport. Je me suis contenue car je sentais la colère de Régis monter. Les cadenas ont été forcés pour vider la malle ! J'étais assez écœurée : la voilette de l'enterrement en mousseline de soie déchirée, le grand chapeau en cuir peut-être irrécupérable, c'est très frustrant. J'ai quand même dormi au bout d'une heure de voiture, écrasée de chaleur après avoir passé le col des nuages où une partie de l'équipe doit tourner.

Une demi-heure de montée, vingt porteurs, chemin difficile, mines, serpents, mais le temps idéal ou presque pour justifier ce chemin de croix, la découverte de la côte après la montée de Camille et la famille Sao et enfin la mer. La côte est magnifique, des petites plages désertes, des collines vertes.

Arrivée à l'Hôtel Hu' O'ng Giang, beaucoup de jeunes filles souriantes, hôtesses, masseuses ? Je crois que Monique, mon interprète, est passée avant, il y a un dessus-de-lit neuf de mariée et un gros mobilier chinois incrusté de nacre. Le confort, tapis, frigo et une salle de bains-sauna. Des lotus blancs et de grandes baies vitrées qui donnent sur la rivière aux parfums, sampans, barques, un lagon, une vue superbe et romantique, la chambre est grande. Je sais que je dormirai bien, je retrouve un peu l'ambiance de Bay Chay.

Visite à la tombée du jour de la cité impériale, quatre mois de travail pour l'équipe déco avec l'administration et les lenteurs du système pour repeindre et refaire les balustres, remonter le niveau des bassins, les nénuphars noyés sont repiqués sur des tiges de bambous et fixés au fond, ils se déplacent dans ces berceaux d'osier avec une agilité étonnante. Les bassins sont presque finis, c'est magnifique, les peintures jaunes et rouges du grand pavillon semblent avoir toujours gardé cette fraîcheur. J'attends avec émotion le tournage de demain, l'arrivée dans la cité où aucune Européenne ne pénétrait, les drapeaux, les gardes, la traversée des galeries. C'est peut-être la première fois qu'un film européen est tourné dans la cité impériale, à Huê, ancienne capitale de ce pays. Régis arrive le soir, épuisé et heureux, le ciel s'est découvert presque comme il le souhaite. Il me raconte le tournage, l'émotion de cette famille arrivée au sommet à la liberté.

Mercredi 15 mai.

Lever 6 h 30. Grande scène de l'enterrement sur la rivière. Avec tant de bateaux et de cortèges, je pense que le tournage sera long malgré la répétition de la veille. D'abord les deux bateaux avec les étendards. Les « sentances », puis le catafalque de laque rouge, moi de noir vêtue, la petite Camille, cinq ans, en robe blanche brodée, puis le bateau des offrandes, puis les barques des musiciens habillés de blanc et mauve. Pas un souffle d'air, même sur l'eau. Je n'ose pas demander la température, nous resterons plus de deux heures pour le premier plan, la mise en place des bateaux à rames et des effets de fumées d'encens rendent ce long plan de huit minutes très compliqué. Il n'y aura que deux prises entières, toute la matinée je sens ma petite Camille défaillir de chaleur et de fatigue, j'essaye de l'aérer le plus possible. Même debout je vois ses yeux qui se ferment mais elle est d'un sérieux imperturbable. Je crois que je n'ai jamais eu aussi chaud.

Comme les monastères, les pagodes sont situées à des emplacements bien précis où le paysage et la lumière sont des priorités dans le choix du lieu. 17 h 30, fin du tournage. Je vois Régis plié en deux, gris, se tenant le ventre. « Je savais que j'avais tourné un enterrement. » Il était si pâle que j'ai pensé à un malaise, on venait de lui apprendre la mort de son frère condamné. Il m'avait dit avant de partir au Vietnam qu'il savait mais qu'il ne pourrait pas rentrer. Rien à faire, rester près de lui, l'écouter, tant de choses si proches mais si chaotiques dans les temps. Vincent, François, Claudine, Linh Dan, on parle, on propose de changer le plan de travail car il ne peut pas tourner l'attentat du mandarin, il est déjà vingt heures, et tout est si compliqué ici, annuler la figuration, nous n'aurons la réponse que vers onze heures si tout va bien. Il doit téléphoner, je lui propose de l'emmener à la poste de Huê. Je remarque pour la première fois qu'il est gaucher mais il faudra que j'écrive les numéros, il tremble trop. Dix minutes interminables avec une charmante opératrice dans cette grande poste qui rappelle plutôt la Russie. Il me regarde, constate que j'ai la couleur lavande du mur. C'est vrai, on sourit, et puis cabine numéro trois, six minutes. Je prends ses dollars dans sa poche pour régler la communication afin qu'il puisse fuir plus vite dans le noir de la voiture.

Jeudi 16 mai.

Du mal à me réveiller. 6 h 45. J'ai sommeil. Nous tournons finalement une scène plus calme, l'étang des lotus. Mes retrouvailles distantes avec Camille, qui est en retraite pour la préparation de son mariage, une petite princesse noire au chignon strict dont je n'arriverai pas à m'approcher. Seule la voix de Linh Dan rappelle l'enfance dans ce texte un peu littéraire. L'endroit est si calme, si beau, de nouveau ils ont planté pendant la nuit des lotus blancs et roses, nous sommes assises de dos dans un petit pavillon en face de la pagode, c'est impossible de ne pas être dans les scènes tellement les lieux sont habités. Que ferais-je en studio ? Il y aura Régis, qui raconte une histoire avant chaque plan important, je sais qu'il sera comme ça jusqu'au bout, aujourd'hui plus que jamais. Hier il me disait de ne pas m'inquiéter pour le film ! Il sait très bien que je ne suis pas inquiète mais il faudra se faire du souci pour lui. Aujourd'hui et les autres jours.

Vendredi 17 mai.

Attentat du mandarin cour des Urnes. Cité impériale.

Robe de feu, chapeau de garden-party en cuir noir. Je sors de mon bus, une vraie fournaise, pour me tenir au frais dans la pagode de la cour du tournage. Pas un brin d'air, je vois déjà les taches de ma robe de mousseline qui colle à la peau. Les urnes de bronze énormes et remplies d'encens, un long travelling jusqu'aux marches du pavillon où se tiennent le mandarin (un médecin !), sa jeune épouse, les nobles de noir habillés. Atmosphère tendue, Régis est très nerveux mais bon enfant car en dehors de Henri Marteau, mon père (on dirait un personnage du XIXe siècle, *Mort à Venise* ?), il n'y a que des non-professionnels, ce qui posera quelques soucis pour la suite de la journée. Intimidées et souriantes, les femmes sont incapables de jouer l'effroi au moment de l'attentat et je sens que Régis, qui a déjà fait reculer ce tournage, n'a pas envie de la mettre en scène. Il le fait, il le fera. Mais la confusion et l'extrême simplicité de la figuration l'aideront à simplifier encore cette scène qu'il ne veut pas visualiser. Vers quinze heures il se retirera un court moment dans une pagode. Je manque d'écraser le mandarin en me jetant sur lui au moment de l'attentat, le fauteuil bascule, il tombe, ce qui n'était pas prévu, je ne sais pas comment je continue la scène, nous aurons un fou rire pendant un quart d'heure avant de pouvoir reprendre. Je suis épuisée, de chaleur surtout, et la dernière prise se fera dans l'urgence sous les premières gouttes de pluie.

Lundi 10 juin.

Premier jour plantation. Ciel couvert, moite, palmeraie dense, hévéas, clairière, les saignées, le latex qui coule doucement, blanc, laiteux dans des coupelles, odeur de tofu, de lait fermenté, les coolies avec des lampes frontales car le travail commence à l'aube, fumée d'aube, c'est superbe. En moins d'une demi-heure mon beau chemisier bleu en lin collera à ma peau, je suis chapeautée, en pantalon jodhpur mais je résiste mieux à l'humidité qu'au soleil ! Scène de la cravache, le coolie agenouillé – il a une tête magnifique. Le travelling qui nous découvre ne me verra pas le frapper mais j'aurai quand même l'air paternaliste du bon maître « qui aime bien châtie bien ». Je sens qu'avec Vincent, Régis tournera davantage de prises et qu'il va beaucoup découper notre vraie première rencontre. Les journées sont terriblement lourdes et longues car il y a plus d'une heure de voiture. Et hier un orage diluvien a inondé la ville, l'accès au tournage est très difficile, il faudra monter avec les jeeps. Un jour de retard car, le camion-fumée n'avançant pas, la matinée de notre premier jour en Malaisie sera fichue. Éric Heumann, le producteur, fulmine, je le comprends. Hélas, on ne peut rien faire d'autre que soutenir Régis dans sa décision de ne pas tourner sans fumée. Toute la magie de la scène, l'atmosphère jungle disparaîtrait, et surtout l'apparition de Jean-Baptiste, archange vêtu de blanc !

Mardi 11 juin.

Arrivée à l'usine. Quelle beauté, mais quelle folie, des décors aussi somptueusement réalistes et raffinés pour une semaine de tournage, le luxe, un vrai bureau, une usine avec des machines qui marchent. Tout est beau, juste, vrai, tous les acces-

soires, les costumes, et voilà la grande dif-
férence. Malgré le poids des journées (que
des vraies scènes, aucune scène de transition), Régis pousse l'équipe à ménager et
favoriser les acteurs, l'actrice. Long travelling. La chaleur dans la cour est écrasante,
vers midi sans doute quarante degrés ou pas
très loin, j'ai déjà eu chaud mais je n'ai
jamais perdu autant d'eau de ma vie !

Dominique Blanc est arrivée pour faire
sa grande scène du départ. Long plan-
séquence. Elle sort en Parisienne : robe
imprimée, collier de perles, plante verte et
cage à oiseaux ! La scène est bien écrite,
mais elle est vraiment formidable. Régis
aime vraiment les acteurs, et il est fou de
son film. Je ne sais plus quand il ne travaille pas. Le soir à neuf heures il est
encore en réunion, tendu parfois, prenant
sur lui, presque trop. Mais je sens son plaisir et la gravité de son sens des responsabilités. Film unique, dans un pays inouï,
budget énorme, un beau scénario, qu'il doit
réussir. *As simple as that !* Nous sommes
très solidaires, nous nous parlons beaucoup, surtout le soir, il me fait parler de
moi, il est très fort pour ça. Dix ans de psy-

chanalyse ! Mais c'est une vraie curiosité et il est très attentif, il prend, il demande surtout mais il me donne aussi beaucoup.

L'usine est vraiment loin, une heure quarante-cinq chaque jour, une circulation impossible de motos folles. C'est un magnifique décor, beau comme les maquettes pour enfants, graphique, parfait, c'est incroyable des décors aussi poussés pour tourner une semaine au plus ! La cour aux gravillons noirs est très chaude, beaucoup de réverbération, nous tournons aux heures dures puisque je ne peux pas tourner trop tôt le matin – promesse faite en France – et à dix-huit heures la lumière tombe. Les ventilateurs sont installés dans la cour en permanence. Pas de perruque pourtant, des robes de mousseline, mais je brûle. La fumerie de caoutchouc aussi d'ailleurs, et moi en robe rouge. Je m'installe dans mon bureau avec deux ventilos, les pieds sur la table. Je découvre l'oiseau d'Yvette mort dans sa cage, on l'a oublié, sans eau, dimanche. Je pense à *La Sirène du Mississippi*. Quand elle sortait du bureau en robe de soie, cage à la main, j'y pensais déjà... La chaleur ralentit le tournage. Nous ne finissons pas les scènes, même celle du feu. Il a fallu arrêter avant la fin après une heure de dépassement. J'espère que nous arriverons à un compromis de quatre prises maxi sauf incident technique.

Demain mardi, obligation de tourner de nuit la canonnière et le sampan qui brûlera, demain nous arrêtons donc jusqu'à jeudi, ce sera dur de reprendre toutes ces scènes inachevées plus la course contre la montre. Le plan de travail est trop lourd. Il n'y a que des grandes scènes, il faut plus de temps.

Hier le conseiller technique montrait à Henri Marteau comment écraser le latex blanc à la main pour le passer dans les machines, odeur de tofu fermenté un peu désagréable, mais après la fumerie il devient blond et doré comme l'écaille. Éric Heumann appelle Régis pour le rassurer sur le retard, pourra-t-il assumer son courage ? Je souhaite qu'il puisse garder le contrôle de son audace jusqu'au bout. Il faut être un peu fou pour produire. J'espère voir enfin des rushes en équipe d'ici dix jours. Je dois vérifier concrètement, même si c'est muet, les personnages, l'atmosphère. Voir. Entendre aussi, j'espère, mais je demande souvent à Guillaume, l'ingénieur du son, si la dernière prise est bonne. C'est peut-être la première fois que je me sens aussi proche et responsable en même temps d'un film écrit pour moi et à ce niveau de budget, c'est un gros challenge, un cadeau inouï, dont je profite sans effort chaque jour. J'ai un vrai plaisir, quotidien comme pour *Le Dernier Métro*. De plus, physiquement je me sens bien, même à ce poids un peu bas de 54 kilos, bien pour la silhouette, l'époque, un peu plus dur pour le visage d'autant que la chaleur et le manque de sommeil n'arrangent pas les yeux. Tout le monde est assez marqué mais on ne le verra j'espère que sur le making-of du film. Tout laisser paraître. Ne rien laisser paraître qui pourrait interférer avec la scène, le personnage, paradoxe et jeu implosif de l'acteur dans ces conditions. Rares. Extrêmes.

Mercredi 12 juin.

Tournage de nuit. Je vais dîner avec eux. La canonnière, à quai, Vincent et Thibaut,

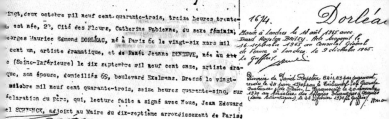

ingt, deux octobre mil neuf cent quarante-trois, treize heures trente-
est née, 2°, Cité des Fleurs, Catherine Fabienne, du sexe féminin,
eorges Maurice Edmond DORLÉAC, né à Paris 6e le vingt-six mars mil
cent un, artiste dramatique, et de Renée Jeanne DENEUVE, née au ***
e (Seine-Inférieure) le dix septembre mil neuf cent onze, artiste dra-
que, son épouse, domiciliés 69, boulevard Exelmans. Dressé le vingt-
dtobre mil neuf cent quarante-trois, seize heures quarante-cinq, sur
élaration du père, qui, lecture faite a signé avec Nous, Jean Edouard
el SCHVENCK, adjoint au Maire du dix-septième arrondissement de Paris

1674.   Dorléac

Marié à Londres le 18 août 1965 avec
David Royston BAILEY. Acte transcrit le
16 septembre 1965 au Consulat Général
de France à Londres. Le 9 décembre 1965.
Le Greffier: [signature]

Divorce de David Royston BAILEY par jugement
rendu le 30 juin 1972 par le Tribunal [of] Grande
Instance de Paris. Transcrit le 20 novem...
1972 au Ministère des Affaires Étrangères à Nantes
(Loire Atlantique). Le 22 février 1974. Le Greffier [signature]

1947. Françoise et moi dans les
bras de ma mère à la campagne,
sur les bords de Seine.

Sylvie, ma petite
sœur, et moi.

Avec mes sœurs Françoise
et Danielle, sur la petite
terrasse de notre appartement,
boulevard Exelmans.

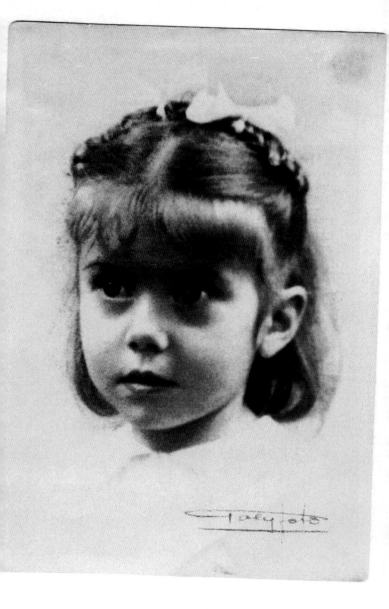

1946. Ma première photo officielle.

1946. Vacances d'été dans le Lot-et-Garonne.

À Saint-Hilaire, chez des amis de toujours.

Toujours les photos de mon père,
émerveillé par « ses filles ».

1947. Catherine, Danielle, Françoise.
Les petits manteaux trop raides de l'après-guerre.

1948. Françoise, mon père,
Sylvie, Danielle et moi.
Barboteuses et pulls rayés.
Camping l'été à Blonville,
en Normandie.

1950. J'ai sept ans.
Une des photos préférées
de mon père.
Les femmes de sa vie.

L'école Lamazou.

Ma première communion et celle de Françoise. Petite mariée.

Finies les dents de lait. Sourires bouche fermée.

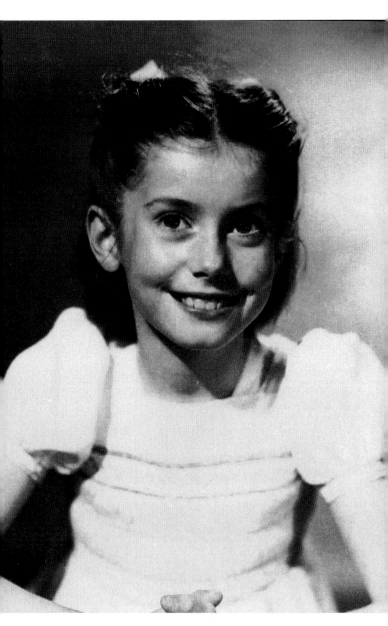

1951.

photo d'écolière.

scènes de la vie familiale.

Premier séjour à l'étranger à Hastings, en Angleterre.
En principe pour apprendre l'anglais.

Les années soixante.

Françoise et moi au mariage
de ma sœur aînée.

Sortie de projection
avec mes parents.
Je suis devenue blonde.

À l'époque de mon premier film,
« Les Portes claquent », en 1960.

superbes dans leur uniforme blanc, tellement vrais et juvéniles. Régis assez tendu.
Beaucoup de bruits sur la rivière, le bac, les
pêcheurs. La scène est difficile et l'exigence
du son les fera attendre encore une demi-
heure. Il y a la marée et la nuit s'annonce difficile en principe jusqu'à trois heures. Mais
il faut aussi brûler le sampan, et ils ne ter-
minent qu'à sept heures du matin. Changement donc pour moi, répétition seulement
de la première scène avec Mme Minh Tan.
Ils sont un peu inquiets en régie, trois jours
de retard en dix jours, mais le plan de travail est si serré, tellement de scènes, il est
impossible de faire mieux étant donné le
poids de la production, deux cent trente
personnes je crois, c'est très lourd et difficile à déplacer. Ce n'est pas le Vietnam ici,
ils ne sont pas très motivés. L'Amérique
sans l'Amérique. Hier, en arrivant au village, c'est la première fois que je retrouvais
l'atmosphère de notre film, Hanoi, la baie
d'Along, si présentes et si lointaines. Vincent, superbe, intense dans une scène littéraire difficile, là son travail de théâtre
l'aide beaucoup. Toujours ce regard grave
et doux.

Jeudi 13 juin.

Cheong Fattze.
Tournage à Georgetown, en ville pour la première fois. Maison chinoise extraordinaire restaurée pour le film. Ocre, rouge, colonnes turquoise, tout a été repeint et les meubles, les objets sont parfaits, deux jours de tournage seulement, quelle folie, quelle belle folie, le patio, le grand escalier, les bonzaïs centenaires au milieu, le bureau chargé d'un côté, le salon et l'autel des ancêtres de l'autre.

Vendredi 14 juin.

Nous avions répété hier avec un peu de difficulté la première scène. Minh Tan, non professionnelle, et Régis très directif, trop peut-être, elle perd pied et je la sens presque trembler. Nous décidons ensemble de partir dans une autre direction : l'empêcher de sourire, la laisser dire son texte tranquillement afin de la doubler, et c'est un soulagement, car les scènes avec elle sont importantes et c'est quelqu'un qui ne s'améliorera pas au tournage. Il faudrait beaucoup plus de temps que nous n'en avons. Préparation à l'hôtel Cathay, chef-d'œuvre en péril 1930, Health Center au fond du hall, jeunes femmes sous néons roses, tricotant en musique – attendant les clients ? Dans ce décor et surtout avec les costumes, tout me semble plus vrai, bien sûr, mais en plus de son costume brodé indochinois, le chignon sévère durcit son visage qui s'applique trop souvent à sourire. Régis a eu la bonne idée de la faire parler en vietnamien, ce qui masque les faiblesses de son jeu. Elle est même très bien dans les dernières scènes. Mais quel risque incroyable pour un rôle si important. Mon grand chapeau de paille bleu et blanc me protège assez bien pour traverser la cour brûlante jusqu'au tournage, robe de mousseline blanche à dessins bleus, biais et bonne longueur avec de grands chapeaux très féminins, j'espère seulement ne pas être trop élégante.

Samedi 15 juin.

Lendemain de la fumerie d'opium. Pas de rectification sous les yeux, cheveux laqués, lunettes noires dans l'escalier. Je demande à Régis de rester plus « hébétée » que ce qui est écrit, c'est-à-dire debout, agitée, incompatible presque pour moi avec cette drogue même après quarante-huit heures, d'autant plus qu'on ne verra que la fin de la fumerie, c'est peut-être la seule fois que l'on voit Éliane cassée. Même brisée, souffrant, c'est quelqu'un qui réagit. Régis est d'accord, nous aurons un peu de mal avec Tran mais ce sont des scènes très difficiles, même pour une professionnelle. Il faut bouger, parler, fumer, le tout avec autorité et assurance, je la sens très craintive et il essaye parfois de la brusquer. Découpant plus que prévu pour utiliser des prises différentes, elle sera même bonne en fin de journée, il n'y aura sans doute que peu de choses à doubler, peut-être par elle-même. Décor sublime, murs peints au pochoir (qu'il faut abandonner au bout de deux jours !). Je monte au premier qui n'a pas été aménagé, plafonds à caissons, grandes fenêtres, vitraux bleus et verts Liberty, très dégradés mais une splendeur. Les bleus de la façade à la chaux me rappellent Séville et l'Afrique du Nord en général, ces bleus lavande, outremer lavé, Marrakech, bleu Majorelle. Restes de tuiles et ornementations chinoises émaillées.

Une chaleur forte dans la rue, pyjama noir et kimono brodé rose, je retourne naturellement vers l'hôtel Cathay, les gens déambulent en manches de chemise mais c'est moi qui me sens chez moi. La vérité, c'est l'univers du film, tout ce qui lui est étranger m'est étranger, Paris est loin, l'Europe encore plus, et, à part la mort d'Antoine Blondin et Jerzy Kosinski, je ne suis pas très émue par le mouvement du monde. Je ne rentre pas dans le film, je vis dedans et parfois à côté, à l'hôtel, mais jamais très loin et assez naturellement ce film m'appartient, Régis me l'a offert, je l'ai pris et nous le partageons avec plaisir.

Jeudi 20 juin.

Long plan séquence. Retour de Jean-Baptiste qui me demande de garder l'enfant, première scène depuis la gifle de Noël. J'ai demandé à porter ma tunique indochinoise verte, achetée à Huê et ayant appartenu à la famille de l'empereur Bao Dai. Battu par la lumière, le dernier gros plan sur Vincent se fera dans la pièce et non plus de dos se retournant à contre-jour. Dernière image vue par moi de lui vivant. Dommage. Régis doute mais tant de problèmes aujourd'hui. Prêts pour midi et demi, scène en plan-séquence de son retour, notre dernière scène avant sa mort. La technique nous laisse en plan, pas assez de puissance électrique. Ils pensent faire venir des groupes électrogènes de chantiers demain, mais dans quel état ? Je sens Régis un peu frustré, nous avions tellement attendu pour cette scène qu'après quatre prises il nous sent vidés, c'est vrai et je pense qu'il aurait souhaité en faire une dernière. Il est frustré, moi aussi. D'ailleurs je ne le trouverai pas le soir à minuit pour lui répéter tout ce que Bertrand, mon agent, m'a dit de positif sur la dernière projection. Nous, nous attendons encore depuis la projection de Huê, il y a déjà trois semaines. À Paris ils ne se rendent pas bien compte.

C'est bien, ils nous le disent, nous devons donc être rassurés et satisfaits. Ils ne « font » pas le film, c'est impossible de se rendre compte du manque, de ne pas avoir de matériel, de ne pouvoir modifier, juger, améliorer. C'est impensable vu le déploiement de forces donc d'argent, et ce qui était acceptable au Vietnam ne l'est plus ici.

Vendredi 21 juin.

Onze heures. Projection enfin au Ball Room de l'hôtel, avortée pour mauvaise qualité d'objectif, tout flou. On perd une heure et on renonce après la première bobine. Nous décidons avec Régis de demander un transfert sur cassette – avec son – pour la semaine prochaine, j'envoie un fax à Bertrand et réponse positive le soir même. Enfin ! Pendant qu'ils testent la fiabilité des nouveaux groupes électrogènes, nous tournons la scène de l'aveu avec Linh Dan dans le jardin d'hiver, scène de nuit, bâchée, lampe à pétrole. Scène courte mais très difficile, pour Linh Dan surtout, qui doit pleurer violemment au cours de la scène. Régis est vite convaincu de tourner à deux caméras et François ne fera pas obstacle à cette difficulté supplémentaire qui le fait renoncer à l'effet de lampe sur les visages. C'est vraiment bien quand on sent que les priorités sont respectées par chacun dans l'intérêt du film. Trois prises seulement et c'est vrai comme j'en parlais avec Vincent que, même lorsque l'on se donne pour le gros plan de son partenaire, on joue pour lui, pour l'aider, mais on ne joue pas à deux.

Trois tables de douze, femmes superbement coiffées, très élégantes, c'est une belle scène de Noël. Je tournerai deux plans, le premier et le dernier à minuit moins dix, vive le cinéma, heureusement entre-temps je dors. Car retour à l'hôtel vers deux heures du matin.

Samedi 22 juin.

Journée du tango, je rassure Linh Dan puisqu'il y aura au moins quatre plans, deux caméras, des plans de réactions et puis, lui dis-je, nous ne sommes pas à

Bercy en direct devant vingt mille spectateurs, si on rate on coupe. Elle est plus
assurée aujourd'hui. Je viens juste de faire
le premier plan où je l'entraîne pour notre
démonstration de tango, profil-profil, gros
plan, les convives derrière nous regardant,
j'essaye de ne pas me laisser impres-
sionner !

Le tango s'est bien passé, nous avons
pris de l'assurance au cours des prises
malgré les trois caméras et l'assemblée !
Monté, je suis sûre que ce sera impeccable.
Régis décide de faire la dispute et la gifle
en un seul plan, nous allons donc dépasser
ce soir. J'ai presque froid, ma villa est plantée sur une très haute colline, des nuages
blancs courent vers nous, il est onze heures
et ils rentrent même dans la maison tels des
fantômes. J'essaye de somnoler sur un
canapé dans le décor pour récupérer un
peu. Toute la figuration est partie, seule
Linh Dan, qui a demandé à rester, est avec
nous. Quatre prises seulement, nous
sommes très tendus tous les deux, la peur
de se faire mal puisque les deux gifles se
font en fin de plan et la tension de la scène,
Vincent sourd et livide, violent. J'ai les

mains moites, j'ai froid, Régis est très ému. Il aime filmer des scènes qui comptent tant pour lui, qui sont redoutées aussi, des points forts du film par référence au scénario, la rencontre, le tango, la dispute, Poulo Condor, l'accouchement, la rivière des parfums. Il n'a renoncé à rien.

Le risque maintenant c'est peut-être ce bonheur, ce bien-être de tous de tourner le film, on s'installe, parfois je m'inquiète du rythme, pas seulement du tournage mais à l'intérieur des scènes. Il faut être vigilant et c'est vrai que Régis a l'air tellement heureux de ce qu'il fait que ce manque de tension pourrait nuire. Enfin au moins on peut l'évoquer, il peut tout entendre.

Mercredi 26 juin.

Journée mixte jour et nuit. Raccords de la gifle en fin de soirée, nous dépassons évidemment et le dernier gros plan est vers Linh Dan. Pour tout arranger, je suis piquée sous l'œil par un moustique. Les couples sont magnifiques, coiffures, robes années trente mais, le lendemain, c'est Jean-Pierre

Lavoignat, le journaliste de *Studio*, et le réalisateur du making-of qui remplaceront les figurants absents qui, n'étant qu'amateurs, ne sont plus disponibles ! Je commence à m'impatienter pour les rushes et la production pour les dépassements et notre retard, une semaine. Régis me fait lire une lettre de l'assureur pour la garantie de bonne fin demandant à ce que l'on finisse vers le 20, et éventuellement de rattraper le retard, peut-être y a-t-il un manque de rythme ? ! Il faudrait en aviser Régis lui-même. Je suis sûre que les machinos et les électros apprécieraient ! Menace d'orage en fin de journée. Il pleut plus bas sur Georgetown, noyée dans la brume, sur la colline pas de vent, une lumière ocre, des éclairs mais heureusement quelques gouttes seulement, ce qui n'empêchera pas le dernier plan, l'arrivée de Vincent et puis la pleine lune.

Vendredi 28 juin.

Réveillée trop tôt par Chiara en larmes de Rome, inquiète pour l'opération de Mar-

cello, peur qu'il ne se réveille pas, je la rassure, enfin je crois, mais très oppressée, je
ne peux me rendormir, il est 7 h 30, tant
pis. Faire des choses banales, calmement,
mais mon plexus ne me lâchera plus pour
la première fois depuis mon départ, c'est
Paris et la vie qui me reviennent un peu
trop brusquement ou peut-être ai-je trop
oublié, enfoui tout cela, je ne suis pas
encore prête. Alors cérémonie de l'argile à
jeun, de la douche, jus de mandarines pres-
sées du marché, du café, toast, miel,
musique, Marvin Gaye, un peu de range-
ment calmement mais tout cela ne m'apaise
pas. Arrivée par temps maussade au tournage, grande agitation sinistre de déména-
gement, tout le matériel redescend, ils vont
sans doute travailler toute la nuit, c'est
presque comme une fin de tournage, la
scène du dîner avant l'aveu de Linh Dan,
des plans découpés nécessaires mais « sans
enjeu », comme dit Régis. Tournage du
cerf-volant. Un grand ballon sert de contre-
poids, et puis, soudain, un aigle fonce dessus
toutes griffes dehors ! Quarante porteurs
pour charger tout le matériel car demain
retour à la plantation, c'est pire que la mon-

tée de l'Everest. Ce soir, photo de famille
à dix-huit heures.

Samedi 29 juin.

Dernier jour de tournage maison Éliane,
temps très couvert, pas de photo de famille
mais un « verre » en principe pour notre
départ. Le dernier plan sera attrapé de justesse sous un ciel de soufre, deux prises, un
nuage blanc qui prend la colline, rentre
dans la maison tropicale, et pluie de
mousson.

Lundi 1er juillet.

Retour à l'usine. Trois changements de
costumes puisque c'est la fin. Raccord de la
première semaine, saignement de nez, plan
large puis scène fin d'incendie avec mon
père. Nous tournons ce plan en début de
journée, il est court, je dois pleurer, j'ai
vraiment du mal, je suis frustrée d'avoir à
redémarrer si vite, il me faudra trois prises.

La chienne a accouché de huit chiots

adorables que je vais chercher sous la maison. Jouets de velours ! Plan avec Linh Dan avant le départ d'Yvette, simple, puis j'attends. Nous devons faire la dernière scène avec mon père en principe dans l'usine, j'ai du mal à imaginer où je pourrai me tenir. Régis arrive au maquillage, même préoccupation, il me propose les hévéas, peut-être la maison ou même un abri, je bondis sur l'occasion car c'est l'idée de l'enfance, de l'amour, de la cabane et de Jean-Baptiste aussi. Je bondis surtout avec lui dans la Rover, car stupéfaction et crainte du manque de lumière, il est déjà seize heures et les hévéas sont difficiles d'accès, ils mangent aussi la lumière ! Arrivée sur place, je monte même à l'étage et je dis à Régis que c'est dommage de ne pas avoir de grue ! On voit les hévéas qui montent doucement sur la colline à ce niveau, mais le plancher est léger, il faudrait étayer en dessous, les machinos commencent même à prendre des mesures. Nous abandonnons l'idée pour ne pas être battus par la lumière, même si l'on fait un plan-séquence entre le pilier, la caméra entourée de plaques blanches pour récupérer tout ce que l'on peut de lumière car il n'est pas possible de monter un groupe électrogène. Quatre prises, un seul plan. Je suis heureuse de l'avoir tourné là, heureuse de ce changement de dernier instant.

Lundi. Dernier jour à l'usine. Je suggère à Régis un plan du milieu des hévéas à mettre éventuellement dans la deuxième partie. Il est d'accord car finalement il n'y a que la scène de rencontre avec Jean-Baptiste dans la plantation, en ce qui me concerne. Je n'en espérais pas tant. Les saigneurs, les lampes sur leur tête, la fumée-bruine du matin, moi bottée qui ferai aussi une saignée, grand plan magique et gros plan volé, éclairé par la bougie du coolie, le crachin arrive et ce sera le dernier plan arraché à cette plantation calme et attachante, soigneusement plantée, écorce grattée et petits bols pour recueillir le « lait » de la saignée. S'il pleut, c'est fichu, on le récupère pour faire ce qu'ils appellent le « craf », caoutchouc de moins bonne qualité servant pour les pneus. Toute l'avidité française dans ces petits bols, cette fortune qui s'écoule doucement comme du miel, et qui justifia notre présence si forte et coûte

111

que coûte. Aujourd'hui, l'hévéa est presque tombé en désuétude, au profit du palmier pour l'huile, plus rentable. Le caoutchouc n'est pratiquement plus de notre époque.

Mardi 2 juillet.

Tournage sur la route d'Ipoh. Dans un village classique, banal, au fond d'une cour, une vieille maison chinoise, et des cuisines remises en état pour le film, arrière-cuisine, plantes vertes, cage à oiseaux, four à bois, une beauté. Un grand buffet Henri II laqué vert jade. En fin de journée, scène de préparatifs de Noël, une mise en place de figuration étonnante de charme et de réalisme. Encore une folie, le luxe avec les canards laqués, les gâteaux, les purées et les pâtés en croûte, trente figurants pour un plan de quelques secondes. Nous avons fini à 20 h 30 ! Et projection de la première cassette dans la chambre 827, chez Régis, sur la petite Sony, début de la maison, Minh Tan, mais surexposé, format tronqué, j'aurais quand même aimé voir des rushes plus tôt pour corriger des choses, j'espère que ma voix n'est pas aussi altérée et que ce n'est que le déroulement de la bande vidéo.

Mercredi 3 juillet.

Dernier plan à Ipoh. Le port. Trois plans en principe, le cercueil plombé de Jean-Baptiste dans un hangar, au milieu des dockers indochinois porteurs de glace, légumes et viande crue, l'odeur et la chaleur me portent au cœur. Je n'avais pas prévu ce choc à la vue du cercueil plombé. J'ai craqué, j'ai du mal à être émue pour le gros plan. Il y a quelques jours, c'était l'anniversaire de la mort de Françoise. Hier l'anniversaire de Pierre, et Sylvie, ma sœur, m'a annoncé que ma nièce Caroline attendait un bébé. C'est la vie, j'en suis si loin, par moments je voudrais repousser le film qui m'occupe trop et revenir un peu dans ma vie, mais où, Chiara et Pierre partent aux États-Unis. Dimanche ce sont les vacances, ici il n'y a que la vie du film, heureusement qu'il est riche et plein comme un œuf.

Jeudi 4 juillet.

Après quelques péripéties, je pars en voiture pour Ipoh vers quatorze heures, je tourne le soir la première scène du village qui doit être brûlé, deux jours, plutôt deux nuits, une longue scène avec Guy qui doit se terminer au milieu du village en feu !

Encore une fois un décor superbe, le Vietnam reconstitué ici. Il pleut, surtout en fin de journée, le terrain est assez détrempé, heureusement je porte mes bottes de toile lacées. Première nuit pas trop dure, il ne fait pas froid et je prends un demi-somnifère pour m'assurer sept heures de sommeil. Deuxième nuit en préparation vers dix-sept heures, je vois des nuages menaçants arriver vers nous, je suis encore à l'hôtel. Je partirai sous la pluie qui ne cessera pas, le plan de fin d'après-midi, qu'ils devaient faire avant, n'a pu être tourné à cinq minutes près ! Ils sont restés deux heures à espérer sous des parapluies jusqu'à ce que le jour se couche, le tournage de nuit semble très menacé, la pluie est très forte, les risques de courts-circuits très importants, et de toute façon les lampes ne résisteraient pas.

À vingt et une heures, en arrivant à la cantine, l'ambiance est sinistre, les canettes de bière et de Coca empilées sur les tables, le dîner, comme souvent, est tiède, gras et répétitif, beignets, riz, poulet frit. Les Malaisiens sont aussi gras que leur bouffe ! Enfin, pas les techniciens sur le film. On me dit que Régis se repose. J'imagine qu'il essaye de se détendre, il faut attendre, on ne sait jamais, le tournage en principe s'arrête vers deux heures. Il y a peu d'espoir.

Vers minuit la pluie cesse, on commence les essais d'électricité et il faut prendre une décision car la scène ne peut se faire à moitié, long plan travelling à deux caméras. Régis demande à dépasser et propose une demi-journée pour le lendemain samedi. Tout le monde accepte, et nous scrons portés. Car il faut se relancer, je n'imaginais plus le tournage pour cette nuit, et en plus minuit est souvent un cap difficile. Le tournage sera bref finalement car tout se consume assez vite, la chaleur et la fumée sont terribles mais, comme la pluie, ce sont des éléments vivants, contrariants mais qui vous poussent aussi. J'ai plus de mal que je ne l'imaginais avec mon texte que je connais pourtant parfaitement, la tension, je respire mal en apnée. Peut-être aussi la fatigue, on terminera à quatre heures du matin. Et le texte d'Erik Orsenna, l'un des scénaristes du film, est souvent plein de petits pièges d'écriture qui sont difficiles quand il faut le dire à voix très haute. Régis me dit qu'il a senti la même difficulté pour Dominique dans sa longue tirade de départ de l'usine. Scène à deux caméras. Celle du plan rapproché sera changée d'axe pour les deux dernières prises. Je n'ai plus d'idées, il y a trop d'éléments extérieurs incontrôlables pour que je sache ce qu'il y aura vraiment dans la scène. C'est beau, incandescent, je dois même partir en courant entre deux maisons à la fin. Je ne pourrai le faire à la dernière prise tellement le feu est violent et les toits de chaume en flammes s'éparpillent dangereusement. Mais les « bombas » sont là, prêts à intervenir. Fatigue, fumée, douche, léger somnifère, l'agréable sensation d'un épuisement physique satisfaisant. Je dormirai jusqu'à midi, j'attends l'arrivée de Bertrand dans l'après-midi.

Samedi soir.

Tournage des rues chinoises de Cholon, décor monté en pleine nature, pousse-pousse, échoppes, porte chinoise, encens, mystère et volupté. Je porte une robe bleu foncé, Guy et moi marchons devant le pousse, long travelling de vingt-cinq mètres. Mon rythme ne correspond pas tout à fait à celui de la mise en place, je demande à Régis si on ne peut pas rajouter un mètre de rail en tête, mais il n'y a plus rien. Finalement le plan démarrera fixe pour finir sous la porte où Guy me fait le mensonge des recherches sur Camille. Le décor sent le bois fraîchement scié et l'encens, il fait assez lourd mais nous ferons comme promis quatre heures de tournage.

Lundi 8 juillet.

Hôtel Continental, soixante-douzième jour de tournage, Sheik Adam Street. Un vrai décor de studio, une façade superbe, terrasse, guéridons de rotin de paille rayée, un vrai trompe-l'œil cache-misère, un bâti-

117

ment blanc reconverti en banque d'Indochine. Beaucoup de bruit. Je ne peux m'empêcher d'en parler à Régis, inquiète, et il me dit : « Oui peut-être, mais c'est surtout beau. » Bon, d'accord. C'était maladroit. Mais il y a un vrai chantier en construction. Le matin, ils tournaient une scène au marché de Cholon, le groupe électrogène est tombé en panne après la première prise, deux heures d'arrêt. Je ne tournerai donc pas cette première scène, la demande en mariage de Guy.

Grande tension le soir, Éric Heumann est très préoccupé, les gens de la garantie de bonne fin menacent de débarquer, Bertrand m'informe qu'un fax doit être envoyé, après que j'en ai pris connaissance afin de proposer des solutions pour rattraper le retard. Ils ne trouvent pas de bateau pour mon départ, il n'y a que le bateau de *L'Amant* à Hanoi et ils en ont l'exclusivité. Régis accepte l'idée d'un départ en avion qui se ferait à Paris si on ne lui refuse pas le tournage en Suisse sur le bateau. Je suis d'accord avec lui. Le fax partira trop tard et j'apprends qu'« ils » vont débarquer. Je n'imagine même pas ce qui peut se passer.

Projection un peu confidentielle chez Régis, mais sur grand écran. La lumière est superbe et les scènes me semblent assez belles, sortie d'une canonnière, sampan, dommage de n'avoir pu voir des choses plus tôt !

Mardi 9 juillet.

Je tourne en début d'après-midi. Je sens une grande tension, le tournage ce matin a été gâché par le bruit du chantier. Éric Heumann a payé les ouvriers pour leur faire cesser le travail quelques minutes, le temps d'assurer les prises. Dès que j'arrive sur le plateau, je sens Régis tendu, très tendu, souriant aux blagues de Jean Yanne qui répète le plus à plat possible, surtout qu'il faut de l'émotion dans cette scène. Mais très vite tout dérape, je demande du vrai champagne qui ne ressemble pas à du pipi et qui fasse des bulles. Il n'y en a que deux bouteilles, il faudra « bricoler » les bouteilles de jus de pomme, puis le costume de Jean, puis le mien qu'il a l'air de découvrir avec mécontentement, disant qu'il devait voir un choix. J'ignorais que tout cela n'avait pas été éclairci avec Gabriella, je lui fais remarquer que je me prépare deux heures et demie à l'avance et que ce serait plus utile, s'il y a un doute, d'en parler avant d'arriver sur le plateau. Je propose de mettre la veste mais, buté, contrarié, il refuse, me reprend pour des broutilles de textes, et lorsque je lui demande après la première prise ce qu'il en pense, il me dit qu'il ne sait plus, qu'il est dérouté par tout un ensemble de choses. Je me lève, je demande à arrêter et à rester seule avec lui. Rien ne peut être amélioré si on n'est pas content au tournage. Mais je le vois au bord des larmes, excédé de fatigue (réunion de six heures dimanche pour des solutions de rattrapage), la pression qu'on lui fait subir par les retards dus au problèmes techniques et cela dès le premier jour de tournage en Malaisie. Et surtout le fait que l'on dise à Paris – rumeurs – que le retard est dû à son indécision. Il n'a fait que trois films, c'est trop facile de faire croire une chose pareille. Orgueil et rigueur mêlés, il est à bout de nerfs. Je lui propose de mettre Jean dans son costume de shantung blanc, en plus du fait qu'il lui va mieux, c'est la demande en mariage. Je sais aussi qu'il n'a pas la scène, il le sent, et nous décidons de rejeter à nouveau et faire les vrais gestes qu'il souhaite pour cette demande, à savoir que Jean me prenne brusquement les mains, les serre très fort, et c'est vrai qu'à force de plaisanteries, de dérision, la scène avait perdu beaucoup de son émotion et de sa force.

Nous mettrons finalement trois heures pour la faire, mais nous aurons tout eu, le bruit, la mosquée à cinq heures, moi qui renverse mon verre de champagne pendant le plan sur Jean ! Et pendant le mien, il n'arrivera pas à ouvrir la bouteille, pour la deuxième fois, je demande à ce que l'on ne coupe pas, à deux nous faisons sauter le bouchon, puis nous continuons la scène, après que je me suis reprise deux fois sur le texte. Je voudrais voir leur tête à Paris quand ils découvriront cette prise digne de figurer dans un bêtisier ! Et Jean, quel regard, force de sa présence et désespoir, mais il aime tellement rire et faire rire.

Le soir, première projection au Ball Room, sur grand écran. Louis Gardel, qui vient d'arriver, est sidéré mais je lui rappelle que c'est notre première vraie projection de rushes pour l'équipe depuis le début du tournage ! La photo de Catonné est belle et douce à la fois. On perd un peu de présence bien sûr à la télé sur les plans larges mais on a une idée sur les scènes. Finalement beaucoup de scènes très écrites, jamais de scènes de transition, beaucoup de pièges d'écriture, langage écrit plus que parlé, souhait de Régis, de l'époque aussi, et c'est vrai que le juste équilibre entre réalité, réalisme et précision des mots comme des gestes demande une attention presque constante. Mais je suis heureuse, je sens bien notre film et tous les gens autour d'*Indochine*.

Une belle journée pleine d'épreuves mais de récompenses aussi. Régis tout à l'heure m'a remerciée pour mon positivisme ! Il est une heure, il faut dormir.

Mercredi 10 juillet.

Hôtel Continental. Plan d'arrivée en voiture après la mort de Jean-Baptiste, rapide.

122

Je suis catastrophée en voyant la tête du nouveau bébé, pas du tout raccord avec le ravissant petit bouddha de Penang, très noir de cheveux. Je demande à ce qu'on les lui coupe le plus court possible pendant qu'il prend son biberon sous les yeux horrifiés de Cris ! De toute façon j'avais décidé de l'envelopper dans ma veste blanche, il faudra aller plus vite, et le cacher davantage. Déjeuner un peu tard avec Bertrand, pour faire le point sur la situation réelle et me prévenir de la gravité, sans m'inquiéter de l'arrivée sur le tournage de Monsieur « Garantie de bonne fin », M. Garçon, qui me sera présenté à l'hôtel, l'air sérieux d'un expert-comptable. Il me parle d'entrée de la solution « intelligente » de remplacement de la scène de paquebot par un départ en avion. Je lui réponds vivement que c'est surtout une solution économique, mais il fallait bien une solution et il n'y a pas de bateau. Enfin je tâche surtout de dissuader Éric de l'emmener sur le tournage le jour de son arrivée en prétextant la fatigue. Je sais qu'ils tournent en un plan-séquence la scène de Dominique Blanc et son charmant époux Raymond. Cela ne me semble pas recommandé. Ils iront voir le beau décor de l'Hôtel Continental.

Nous bavardons longuement avec Bertrand en toute confiance et liberté, comme des gens qui savent qu'ils peuvent se parler vraiment et qui se connaissent bien. Nous parlons d'Artmédia en général, de l'évolution de la production en France, même si je n'en fais pas, c'est encore le rouage essentiel, et les acteurs sont de plus en plus engagés dans ses montages. Il est plus optimiste que moi sur les rapports ciné-télé-pouvoir. On n'a pas le droit de se tromper, il y a de moins en moins de films qui marchent. Étant donné les sorties presque simultanées de *L'Amant* et d'*Indochine*, j'espère qu'il y aura une vraie réflexion pour le lancement. Éric Heumann est compliqué, cyclothymique, et il a beaucoup de projets pour un seul homme et un si gros film ! Mais il est bien audacieux et c'est si rare. S'il pouvait racheter la garantie de bonne fin !

Vendredi 12 juillet.

Régates. Le pont et les pavillons de bois clair ont été entièrement construits par la déco, incroyable. Le kiosque aussi, blanc et bleu, où nous tournons demain, une figuration superbe, coiffures, maquillages impeccables, je regrette que Gabriella ne puisse voir ses beaux costumes dans ce décor. La rivière est large, avec un fort courant de surface. Des arbres immenses étalés de chaque côté, très denses, les pieds dans l'eau, des lianes et des fougères parasites accrochées comme des bêtes étranges. Lumière douce et forte, le ciel est très voilé, pas un souffle d'air, la même chaleur étouffante qu'à l'usine. Heureusement, ma robe de mousseline blanche à pois noirs est assez légère, mon chapeau blanc en cuir assez grand pour cacher ma nuque trempée et assez léger pour laisser passer le peu d'air et la lumière. Nous tournons vite, souvent à deux caméras, des plans très découpés, le début et l'arrivée de la course, l'Amiral, Yvette dans sa robe aux pavots rouges ; Dominique finit aujourd'hui, je la sens un peu déroutée par la rapidité du tournage, on ne répète pas beaucoup, elle gardera sa robe jusqu'à la fin de la journée, ses lunettes et son chapeau de paille, nous faisons plein de photos tous les trois. C'est son dernier jour ici !

Régis est très nerveux, il gueule beaucoup. C'est Jacques, son assistant, qui prend, bien sûr, mais surtout, cela la fiche mal, sur la berge, installés sans bouger, Éric et M. Garçon (Éric a l'air de plus en plus neurasthénique) assistent à ces violentes sorties. Je pense que sa nervosité est due aussi à leur présence un peu trop statique, ils ne bougent pas, ne se quittent pas, je vois Éric se diriger avec lui vers le restaurant italien. Vincent, en costume marin un peu étriqué alors pas trop heureux, est arrivé en vitesse car Régis voulait qu'il s'entraîne encore avant le tournage et le ton est un peu monté paraît-il. Que de responsabilités, quelle insouciance d'être acteur !

Samedi 13 juillet.

Gardel et Nolot font leurs débuts de planteurs aujourd'hui, morts de trac, dans le décor du kiosque blanc et bleu. En arrière-plan, le pont, les figurantes, les femmes pâles, le raffinement des costumes, les passages des bateaux, tout est beau et sent la fin de cette époque. C'est le début du film. Chaleur torride malgré cette rivière immense, la plus grande de l'île je crois, c'est vraiment à nouveau le Vietnam.

La cantine est médiocre, j'espère qu'ils vont s'appliquer ce soir pour la fête du 14 Juillet que Vincent et moi organisons à la maison de la déco, dans les jardins. Dominique a apporté, comme promis, des lampions et Guillaume s'occupe de la musique. La fête se terminera avec des seaux d'eau, vers quatre heures du mat'. J'étais en blanc avec ma croix de bakélite rouge, on avait demandé à tout le monde de ne mettre que nos couleurs, bleu, blanc, rouge, Régis m'appelle « Croix-Rouge ». Dès qu'il a dépassé le stade du principe négatif à ses yeux de la fête, il s'amuse et il danse, whisky-Coca, œil bleu et humour cinglant !

Lundi 15 juillet.

La course d'aviron, je ne tourne pas. L'équipe venue de Hongkong, des hommes d'affaires, feront le soir un dîner mouvementé pour remercier Régis de cette semaine de vacances qu'ils ont passée avec nous. C'est beau et très dur l'aviron, violent, complet. Nous terminons tard, à la bière – ils sont anglais –, dans la boîte de l'hôtel.

Mercredi 17 juillet.

(Commune de Batu Gajah.) Décor des rues de Cholon de jour, l'enfant qui me jette la motte de terre à Kamjun Pisang, je crains la mise en place un peu statique avec l'enfant dans une rue trop calme, mais étant donné la chaleur je n'arrive pas à proposer une autre solution, c'est vrai aussi qu'on végète et que l'on tourne ces scènes assez vite. On n'a pas toujours le temps de chercher ! Le décor façon no man's land me fait penser à Almería, décors fabuleux plantés dans des endroits désertiques et chauds pour s'assurer le beau temps ?

Dimanche 21 juillet.

Des plans d'arrivée à la maison d'Émile, une maison de bois très délabrée mais superbe, des colonnes de pierre et un arbre somptueux enveloppant cette maison mystérieuse. La chaleur orageuse ne nous quitte pas. Le soir, ils seront gênés par la pluie pour faire leur dernier plan de pluie contrôlée. Le groupe électrogène est dangereux quand il pleut. Ils feront une heure supplémentaire. Le ciel est violet, la pluie sera très violente.

Régis a de bonnes nouvelles des rushes. Bertrand d'ailleurs m'a envoyé un fax, tant mieux, cela compense les soucis du retard. Demain, lundi 22, il y aura une projection sur cassette.

Quelques jours sans tourner, voyage envisagé pour Pangkor avec Hubert Saint-Macary. Un accident de voiture, heureusement pas trop grave, nous retiendra ici à Ipoh et nous passerons quelques jours autour de la piscine chlorée, ce que nous aurions dû faire dans cette mer turquoise que nous n'aurons donc jamais vue ! Penang, « perle de la Malaisie » !

Mardi 23 juillet.

Je vais au tournage de la gare, le départ de Linh Dan après ses fiançailles, car ce sera son dernier jour de tournage, il y aura un verre et Régis va lui enregistrer un message qui sera diffusé comme pour l'arrivée d'un train.

La gare d'Ipoh, le Vietnam retrouvé avec la figuration et un immense décor, sans doute un des plus grands en découverte avec le port puis le cercueil de Jean-Baptiste. Vers midi, le tournage se termine, Vincent a apporté sa caméra vidéo, tous les figurants s'arrêtent, Linh Dan bouleversée, en larmes devant cette surprise. Pour cette expérience unique qu'elle vient de vivre ici avec nous. Entre larmes, beaucoup, et fous rires – le message de Régis est long et chaleureux, un verre de champagne enfin ! Puis déjeuner dans ce superbe hôtel années quarante, à côté de la gare.

L'après-midi, pluie fine et inquiétante, nous devons faire la moitié de la dernière scène à l'aéroport puisque finalement c'est la solution agréée par tous (départ en avion d'Indochine, mes scènes épilogues sur

130

l'eau à Genève, renforcé par l'idée et la difficulté que la dernière scène de *L'Amant* est aussi un départ de paquebot !). Le hangar peint, la Delage et les quelques figurants ne suffiront pas à faire oublier à Régis l'insuffisance du décor pour cette première fin, il décide d'arrêter et de faire la scène en entier à La Ferté-Alais, où nous devions seulement compléter avec l'avion. Il a raison de s'abstenir, c'est insuffisant. Labadie, qui est habillé pour la figuration, ne peut être que d'accord mais sans réellement se prononcer. Donc résumons, un baiser à Linh Dan ce matin et ma main dans le champ pour un raccord sur le petit Étienne mangeant sa glace au Club vers 17 h 45. C'est le cinéma. Il pleut toujours.

Mercredi 24 juillet.

On attaque la grande scène, sous la pluie, voiture, rupture, deux nuits prévues, je sens l'enlisement dans la fatigue de la nuit. Une moiteur incroyable, la voiture capitonnée ayant absorbé comme un buvard pour nous rejeter sous l'effet des projecteurs son invisible chaleur. On suffoque. Vincent, bloqué dans son costume. Régis m'a montré le story-board. Une vingtaine de plans, en dépassant d'une heure on en a fait cinq !

Jeudi 25 juillet.

Le cœur de la scène, Régis veut le tourner mais la finir en même temps (elle n'était d'ailleurs pas dans le story-board). Vincent est mal à l'aise dans sa veste. Les positions décomposées, la promiscuité et la présence de la caméra rendent chaque prise plus difficile et plus insupportable. C'est un four, nous sommes mouillés, mal à l'aise, sans recours presque, ce sont des plans assez courts. Je sens Régis très tendu, la soirée se prolonge sans espoir de finir et je le pousse d'ailleurs à ne pas faire la fin ce soir. Nous ne sommes plus nerveusement en état !

Vendredi 26.

C'est la dernière nuit, pleine lune, moins fatiguée aussi malgré le décalage du sommeil, je suis contente que cette fin de scène s'aborde reposée, comme une respiration, jamais nous n'aurions pu la tourner à ce rythme et dans ces mouvements après la soirée hier. Long plan-séquence à deux dans la voiture, Vincent assis par terre la tête sur mon ventre. Une fois de plus, Régis résiste à la tentation de faire deux gros plans, nous nous cherchons l'un derrière l'autre sans nous regarder, cela semble plus fort à deux. Vision surréaliste, la pluie fausse à travers les rayons des projecteurs et découpée, parfaitement visible, et, comme un Magritte, la lune pleine qu'aucun nuage de cet orage artificiel ne vient masquer. Une heure du matin. Je sais que Régis a demandé à ce que l'on boive un verre avant son départ demain pour Penang, derniers lieux de tournage en Malaisie.

Dimanche.

Départ Penang-Bangkok-Paris. Je prendrai un somnifère à Bangkok pour les douze heures de vol. J'ai déjà le cœur un peu serré. Arrivée vers sept heures à

Copenhague, escale petit déjeuner, nous achetons du saumon, je traîne un peu plus que les autres, quand j'arrive à la porte, l'avion est en train de partir, tous mes bagages dans la soute et mon sac sur le siège de l'avion, je suis muette, sidérée, passeport heureusement à la main, sans billet, pas d'argent mais mon grand saumon. Air France acceptera de me prendre sur un autre vol. C'est vrai qu'après quatre mois, arriver avec seulement un passeport à la main et un saumon, c'est un luxe désinvolte ; je rentrerai place Saint-Sulpice après avoir acheté des fleurs avenue Marceau, comme si j'étais simplement partie faire mon marché.

Tristana

1969

Réalisateur : Luis Buñuel

Scénario : Luis Buñuel et Julio Alejandro,
d'après le roman de Benito Pérez Galdós

Distribution : Catherine Deneuve (Tristana),
Fernando Rey (Don Lope), Franco Nero
(Horacio), Lola Gaos (Saturna), Jesús Fernán-
dez (Saturno), Antonio Casas (Don Cosme),
Sergio Mendizábal (le professeur), José Calvo
(le joueur de cloches)

Directeur de la photographie : José F. Aguayo

Costumes : Rosa García, Vicente Martínez

Musique additionnelle : Frédéric Chopin

Sortie en France : 29 avril 1970

Mardi 28 septembre.

Premier jour de tournage. Neuf heures. Froid sec, ciel bleu, je gèle dans mon tailleur de crêpe marron, de trac aussi mais pas autant que Fernando. Ambiance calme et nette d'une équipe qui semble déjà rodée, une impression certaine que le film commence vraiment sans bavure ni tâtonnement. Buñuel chaleureux et détendu comme je l'avais vu à Madrid la semaine dernière, l'œil un peu morne mais pourtant rien ne lui échappe. Souvent, en cours de répétitions, il découvre et modifie afin d'améliorer jusqu'au tournage. De même avec le scénario – indications très précises pour le personnage de Don Lope qu'il connaît parfaitement, je n'avais pas le souvenir de Buñuel si précis avec les acteurs mais j'oublie que ce film espagnol est encore plus le sien que *Belle de jour*, écrit depuis huit ans, qui lui tient tant à cœur.

Arrêt à une heure précise. Je sens que ses horaires sont fixes et ses habitudes inchangeables, si le plan de travail se termine très tôt, on arrête. L'après-midi, deux plans dans l'église, Fernando un peu conventionnel, Buñuel, insatisfait, préfère modifier que supporter un regard ou un geste imprécis. Être seule à tourner en français me donne plus de courage au milieu de toute cette équipe. Seul le premier assistant me suit. Buñuel ne peut contrôler le texte pendant les prises. Arrêt vers 16 h 30.

Mercredi 29 septembre.

Même lieu même scène, Fernando plus détendu. Buñuel m'emmène dans l'église où se trouve le gisant d'albâtre gigantesque, sur lequel je me coucherai tout à l'heure. Extraordinaire statue de Berguette que

Buñuel tient pour le plus grand sculpteur espagnol. D'ailleurs cette scène a été rajoutée après qu'il a repéré les extérieurs. Tourner à Tolède le stimule, beaucoup de souvenirs de sa jeunesse. Il s'amuse en m'expliquant la fin de cette scène : Don Lope, certain de l'émotion ressentie à la vue de la statue, s'approche gravement de Tristana, interrogateur, elle, souriant niaisement, lui suggère d'aller acheter des pantoufles. Le sérieux se cache grossièrement derrière cela, mais Buñuel se plaît à tuer l'émotion dans les instants graves, par pudeur certainement. De même, les visions surréalistes dans les scènes les plus académiques, qui l'ennuient. Je sens que le film sera loin du scénario. Chaque lieu, chaque scène prennent une tournure différente ; souvent, pendant les répétitions, il souligne, aggrave ou modifie.

Jeudi 30 septembre.

Changement important pour moi puisque c'est une des dernières scènes du film. Maquillage pâle et marqué, je me suis fait les joues comme une poupée, les mains pleines de bagues, les cheveux tirés, j'appréhende un peu l'opinion de Don Luis car son impatience était telle à Madrid que les essais n'ont été qu'ébauchés. Il semble content puis s'emporte violemment car ma jambe artificielle n'est pas au point. Dix minutes lui suffisent pour choisir de modifier sa mise en scène, il va au plus vite et l'on ne fera que sentir la claudication pour ce jour. Je me fais bloquer la cheville pour m'aider à raidir ma jambe légèrement déformée, ce qui déplaît à Don Luis, mais gainée de soie marron, cela lui semble mieux. L'essentiel m'échappe un peu, car les difficultés pratiques de cette scène sont grandes tant en raison du travelling que de ma démarche et de l'attention que je prête au curé qui parle en espagnol. Je me sens un peu insatisfaite à la fin de ce premier plan. La deuxième partie assise me laissera plus d'attention.

Vendredi 1er octobre.

Scène dans la chambre de la Quinta avec le muet Saturno. Je sais que Buñuel y tient beaucoup, il l'a d'ailleurs poussée par rapport au scénario et la modifie au cours du tournage. De l'idée vague de la provocation de Tristana il fait une certitude, puis une habitude dès le premier plan. Cela s'est fait en trois phases : Saturno le muet venait du jardin et pénétrait dans la chambre de Tristana, assise devant sa coiffeuse. Il s'approchait, posait une main sur son épaule, qu'elle repoussait après quelques secondes. Il sortait et Tristana allait au balcon, ouvrait son peignoir sous les yeux du muet, ébahi, en bas dans le jardin. Première répétition : sa main se pose, Buñuel me dit de ne pas réagir immédiatement, puis, à la deuxième répétition, il me fait dire par gestes : aujourd'hui non mais demain peut-être. La scène suivante, mariage avec Don Lope. Je souris déjà.

Lundi 4 octobre.

Même lieu car la scène a été très découpée. Usant des dessous que je jette précisément sur la jambe artificielle posée sur le lit, grande difficulté pour que la dentelle tombe exactement sur le pied chaussé et gainé. Buñuel s'énerve quand les problèmes de décors naturels font perdre du temps, s'il pouvait il ferait tout en studio.

Mardi 5 octobre.

Scène du voleur que Don Lope aide en indiquant une fausse direction aux policiers qui le poursuivent, à l'étonnement de Tristana. Tolède, rues étroites et grands problèmes d'éclairage malgré l'efficacité de l'équipe technique. On tend des draps pour cacher le soleil trop fort. Comme des singes, les machinistes sont grimpés dans les maisons à une vitesse incroyable. Le voleur est un garçon de Tolède incapable, qui me laisse croire un instant que Buñuel va renoncer à la scène. Finalement, il l'escamote quand même pour éviter les difficultés techniques. Il fait très froid et ma robe de deuil me protège bien peu. Le soir, dîner à la maison avec Don Luis, à mon grand étonnement. C'est la première fois depuis trente ans qu'il sort le soir pendant un tournage, me dit-il. Nous buvons un peu et rions beaucoup, il est gai et bavard, raconte des histoires mexicaines violentes et drôles.

Mercredi 6 octobre.

Tournage dans la tour de la cathédrale, cent cinquante marches pour atteindre la plate-forme où se trouve l'énorme cloche dont le premier son a brisé toutes les vitres de Tolède, me raconte Buñuel. Il a fallu changer le battant pour ne pas mettre en péril la tour elle-même qui tremblait. Au moins sept mètres de diamètre. Buñuel offre cent mille pesetas à qui lui dira comment elle a été hissée au sommet de la tour. Tournage difficile car l'endroit est petit, nous tournons le plan où je découvre la tête de Don Lope au bout du battant sonnant la cloche. Jusqu'à deux heures hier le maquilleur a fignolé cette tête de cire hallucinante qui se balance doucement, retenue par des fils invisibles. Mes deux partenaires sourds-muets me font rire mais énervent Buñuel par leur incapacité. Il les rudoie gentiment. L'un d'eux veut vraiment être acteur et désire changer son nom de Jesús Fernández pour Jesús Hamlet. Quand il a parlé de la psychologie de son personnage, Buñuel lui a fait relire le scénario. Je ris beaucoup car je repense à ce plan hier, où il me disait, énigmatique : surtout, pas de psychologie. Je regardais Saturno en enlevant mon peignoir sur le balcon.

Jeudi 7 octobre.

Temps humide et froid, ciel gris. Pour la première fois nous tournons dans le jardin, une promenade au cours de laquelle Lope, sentant Tristana lui échapper, lui dit cette phrase superbe : « Je suis ton père et ton mari et tantôt l'un tantôt l'autre à ma convenance. » Indication précise de Buñuel à Fernando sur ses regards qu'il veut méfiants et hypocrites. La répétition est meilleure que la prise mais il s'en contentera. Je sens que je dois être le plus égale possible, il connaît en gros mon texte mais ne le suit pas au tournage donc la première prise bonne pour lui ne tiendra aucun compte de mes erreurs et il ne recommencera jamais pour cela. Soleil éclatant vers deux heures. Le ciel s'étant déchiré, on prépare un plan où je me suis éloignée de Lope et je regarde le Tage. Vue magnifique sur le fleuve et des ruines. La petite grue verte étincelante qui est de presque tous les plans est déjà installée. Buñuel l'avait réclamée pour *Belle de jour* mais elle n'existe pas en France. Il m'avait dit éviter soigneusement le côté touristique de Tolède, aussi, devant le paysage rehaussé par le mouvement de grue, je ne peux m'empêcher de plaisanter en lui disant combien ce plan est esthétique. Il rit et marmonne en même temps. Dix minutes plus tard il me dit qu'il n'aime pas les plans « *obvious* » et qu'un plan où l'on sent la caméra le fait fuir, aussi nous tournerons la même chose mais en travelling sans aucune découverte. Je suis désolée de constater sa remise en question perpétuelle même s'il s'agit d'une boutade au départ, comme c'était le cas. Entre les deux plans, attente d'une heure, je trouve un petit chien noir peureux que je prends sur mes genoux. Au moment de tourner Buñuel me demande de le garder dans mes bras. Nous rions en pensant à l'intention que ne manqueront pas d'y voir certains, cette idée lui plaît. Je sais que c'est ce plan et non le premier qu'il conservera. Je termine tôt, insatisfaite de mon travail, inquiète car je ne vois aucune projection. J'arrive souvent au tournage comme pour passer un examen et je sais qu'il peut tout changer en donnant des indications précises, mais cela lui semble trop fastidieux pour en parler avant. Comme il m'a déjà dit à quel point Signoret l'avait emmerdé pour ses costumes, j'hésite plus que jamais à le questionner à temps. Je suis parfois très étonnée du choix de ses acteurs ; souvent conventionnels et académiques et malgré tout il « casse » leur jeu et les déforme avec presque rien.

Je me sens seule.

Vendredi 8 octobre.

Il pleut pour la première fois. Nous attendons tous dans le café pour tourner le premier plan, où j'apparais dans la chaise de paralytique. L'impatience de Buñuel est grande. Je remarque que c'est au point qu'il dit souvent « action » avant « moteur ». Barros, son ami, grand chirurgien qui joue dans cette scène, manifeste une joie enfantine et une maladresse touchante tant son envie est grande de tourner. Buñuel n'arrive pas à comprendre cette envie, surtout qu'il y a beaucoup de badauds. Texte très bref qu'il me demande de dire en espagnol, ajouté au dernier moment. Intraduisible en français car cette phrase assez grossière et insultante porte sur une idée typiquement espagnole. Carrière devra trouver. *¿ Cómo está la salud Tristana ? ¿ Y la de su madre cómo va ?...*

Nous arrêtons assez tôt car la nuit tombe vite, la scène n'est pas terminée. Dîner avec Buñuel à la Venta de los Aires. Nous buvons pas mal. De grands silences car le bruit fait souffrir Don Luis. Impression de malaise. Lui, très en forme, ne s'en rend pas compte. Il nous dit devoir faire un film publicitaire pour Vichy Saint-Yorre, totale liberté. Il pense au Christ sur la croix, la Vierge pleurant à ses pieds, on lui tend une éponge imbibée d'eau de Vichy Célestin et, d'un mouvement pénible, son doigt crispé refuse, il murmure : « Saint-Yorre. » Nous avons beaucoup ri. Il est dix heures.

Samedi 9 octobre.

Nous tournons dans une forge assez extraordinaire, remise en état pour le film, que Buñuel avait visitée il y a cinquante ans ! La « sauterelle » est déjà en place. La rapidité de cette équipe m'étonnera toujours. À 10 h 30 tout est prêt, plan de trois minutes, tous les ouvriers sont en action. Au moment de faire la deuxième prise, je tombe dans les pommes. Odeur du charbon ou nervosité, je ne sais pas. Buñuel me renvoie à la maison jusqu'à deux heures. Il m'a complimentée plusieurs fois pour lui avoir suggéré de mettre des lunettes à Saturna (l'actrice venait de subir une opération et elle a une cicatrice assez voyante sous l'œil). Je suis souvent étonnée, il est tellement direct et ne cache pas ses sentiments. Ainsi, quand elle est arrivée et qu'il a vu cette cicatrice, il n'a pas mâché ses mots, son étonnement et sa contrariété. Je ne crois pas qu'ils ont pu échapper à Saturna !

Lundi 8 novembre.

Début difficile aujourd'hui. Scène de sortie avec Saturna, je choisis l'une des deux rues. Je sens tellement l'impatience et l'irritation de Buñuel à la moindre difficulté que je me fige complètement. Pourtant ce plan n'est apparemment pas difficile mais je n'arrive pas à le décomposer. Il se contentera de trois prises. Déjeuner sinistre à la Venta de los Aires, j'ai envie de pleurer. Je sens que je ne suis qu'un objet inutile lorsqu'un plan est raté. Totalement inutile puisque mon texte ne peut l'intéresser, il n'entend pas, rien. Ce film sera vraiment espagnol et je serai doublée, c'est dur à accepter par moments. Un plan l'après-midi, les choses vont un peu mieux. C'est ma vraie première mauvaise journée.

Samedi 13 novembre.

Deux plans très brefs. Première rencontre avec le peintre. Je sens qu'il hésite beaucoup, sans doute lundi verrons-nous quelques changements importants. Il a besoin de ce week-end pour remanier la scène. À trois heures, le tournage est terminé. Ce n'étaient que des passages.

Lundi 15 novembre.

Il n'a jamais fait aussi froid. Je fais la connaissance de Franco Nero, ouvert, sympathique et familier. Difficile pour un Latin d'accepter sans remords la condition d'acteur. Chaque fois qu'il précise notre rencontre et ce premier contact, la pudeur le fait reculer et il gomme les quelques mots qu'il avait ajoutés. Je préfère également l'idée d'imprécision pour cette rencontre capitale et d'ignorer exactement ce qu'il a pu lui faire dire, pour une fois, plutôt que montrer. J'ai mal à la gorge. Heureusement, je ne tourne pas demain. Buñuel me dit que la scène de la noce est la plus féroce que l'on puisse imaginer ; à mes questions sur la couleur il dit laisser ce soin à l'opérateur et au laboratoire, il s'est débarrassé de ce problème une fois pour toutes. Dommage. C'est la première fois que je pense à son âge, à cause sans doute de ce premier abandon par lassitude.

Mardi 16 novembre.

La grippe. Je reste au lit toute la journée.
Beaucoup de vitamine C.

Mercredi 17 novembre.

Je dois avoir mon maquillage livide,
celui qui me met le plus à mon aise, loin
de moi j'ai plus d'audace, de plus il est
inquiétant mais pas laid. Tout le monde me
trouve l'air diabolique. Scène de la sortie
d'église sous la neige, on m'installe dans la
chaise comme une poupée, bien au chaud
sous la couverture. Les appareils à faire la
neige sont approximatifs. Buñuel préfère
s'en passer. Je serai toujours sidérée par
son impatience, son exactitude surtout,
même lorsqu'elle joue contre lui. À une
heure moins dix, il dit que dans dix minutes
il arrête. Le plan est loin d'être au point et
les premières prises ratées ; plus que cinq
minutes, l'un des acteurs n'arrive pas à dire
son texte, tant pis à une heure on arrête. Je
suis stupéfaite. Avant de finir la journée il
refera ce plan, différemment.

Vendredi 19 novembre.

Première scène du film. L'esplanade. Je m'étais couchée tôt pour avoir le visage bien reposé pour la première apparition de Tristana. Le temps est gris, il y a du brouillard, nous ne tournons que vers 10 h 30. J'espère que nous n'allons pas prendre de retard, je dois partir demain pour Paris. Deux plans seulement avant le déjeuner, jamais nous ne finirons. Je m'énerve en buvant du cognac dans la caravane. En effet il reste trois plans pour demain.

Samedi 20 novembre.

Malgré le temps nous arrachons les trois plans, l'après-midi la gare, deux plans seulement, Buñuel a changé la fin de cette scène, Don Lope s'est caché dans la gare et retrouve Saturna qui m'avait accompagnée, et lui dit : « Elle reviendra. » La plus jolie gare que j'aie vue, arabe, mauresque, avec des vitraux et des colonnes de synagogue. Vers quatre heures je pars vite pour Paris.

Mercredi 24 novembre.

Première nuit. Je sens que Don Luis veut rendre cette liaison de plus en plus platonique et les scènes avec le peintre sont de plus en plus chastes. Tournage jusqu'à deux heures, il est fatigué et nerveux.

Vendredi 26 novembre.

Première journée de studio, atelier du peintre. Scènes plus conventionnelles et difficiles.

Samedi 27 novembre.

Même situation, heureusement c'est le dernier jour. J'ai visité le décor de Don Lope, qui me rappelle *Répulsion*, appartement réel et disposition des pièces avec couloir en continuité. Le studio aussi, petit comme Twickenham, deux plateaux seulement. Lundi nous allons commencer dans le couloir, je sens que je vais y être très bien, il ne ressemble plus à un décor.

Lundi 29 novembre.

Intérieur de Don Lope, le bureau. Buñuel me dit se plagier en riant car je dois laisser tomber un flacon comme dans *Belle de jour*. Problème de coiffure, pas de macarons, des nattes, tant pis. Le décor un peu sordide me plaît, l'opérateur prend un peu trop son temps.

Mardi 30 novembre.

Un air de grande innocence, me demande Buñuel en souriant un peu. Je m'amuse à caricaturer cette idée aux répétitions. Difficultés avec le chien qui doit essayer d'entrer dans la salle de bains où s'est enfermé le muet.

Mercredi 1ᵉʳ décembre.

Dîner dans la salle à manger. Scène très découpée, tournage lent, Buñuel s'impatiente, il s'acharne à froisser la nappe, les taches de vin, déplacer l'huilier. Ces scènes sont tellement prêtes à tourner qu'il peut consacrer beaucoup de temps aux détails, parfois d'une prise à l'autre malgré les réticences de la scripte.

Jeudi 2 décembre.

Fin du dîner. Il me dit que je serai méprisée en Amérique pour l'inconvenance de manger l'œuf à la coque avec des mouillettes.

Vendredi 3 décembre.

Cauchemar : apparition grotesque de Lope en chemise et bonnet de nuit. Il demandera le soir à retourner cette scène le lendemain. La fin n'était pas assez nette, l'idée lui est venue de reparler de l'enfance de Tristana, enfin un souvenir lié à Don Lope, à son apparence inquiétante pour une enfant. Scène de la séduction de Lope quand je repasse dans le salon. Nette et précise comme je l'imaginais.

Samedi 4 décembre.

Deuxième époque. Lope malade, vieilli et sale. C'est la première fois que Don Luis me complimente sur la coiffure et le costume de Tristana, donc j'en conclus qu'avant ce n'était qu'approximatif. Déjeuner de pois chiches. Buñuel me reparle encore de *La Piscine* et de cette fameuse scène, que j'ai oubliée, où Romy Schneider fait choisir entre deux boulettes de pain car « jamais deux choses ne sont pareilles ». Je demande à mes voisins de table de choisir un petit pois dans le plat mais nous prenons tous le même !

Mardi 7 décembre.

L'assistant m'a dit que le cameraman et l'opérateur ont vu la projection de vendredi, que ce sont les deux plus beaux plans du film. Il a remarqué l'ébauche de mon geste dans la chambre, lorsque après avoir enlevé ma robe je détache mes bas. On ne m'avait rien demandé. J'avais envie de montrer à Buñuel qu'être en combinaison ne me posait aucun problème, il m'avait crue réticente avant même que j'aie commencé à répéter. Alors que j'essayais de me faire entendre pour le rassurer. Il me disait, je couperai tout de suite... Il me fait dire par Pierre, son assistant, de parler moins vite dès aujourd'hui. Toujours le doublage !

Scène avec Lope avant la promenade. Il y avait une indication sur ma réplique, d'ironie et d'arrogance. Il me demande d'être plus soumise et Pierre lui montre alors cette indication sur le scénario, il me dit en riant un peu : on écrit toujours des bêtises !, et voilà comment arrive une scène paradoxale. Il pense beaucoup aux revirements et se fait souvent relire la scène précédente au dernier moment. Comme nous n'avons pas tourné chronologiquement, il essaye de ne pas gâcher, je crois, une scène forte tournée avant, en mettant le même ton dans la scène antécédente. Les rapports de Tristana avec Lope se dégradent et il est important qu'il y ait en effet toujours une montée sans rupture dans leurs rapports de forces. J'espère que les intentions de ces scènes si précises et évidentes à la lecture le deviendront sur l'écran. En riant, je dis à Buñuel que, dans le couloir, pour montrer ma désinvolture, j'envoie le chapeau à nettoyer, en sifflotant. Il rit et me le fera faire en tournant ! Nous devons recommencer cette scène car le portemanteau devant lequel se tient Fernando, immobile, lui fait deux cornes au-dessus de la tête. Comme c'est la première fois que je le trompe avec le peintre, l'intention serait visible, dit Buñuel, pour quelques critiques, certainement, donc je mettrai mon chapeau sur une de ces cornes afin d'éviter ce malentendu.

Jeudi 9 décembre.

Dispute avec Lope et cette scène que j'aime lorsqu'il redevient humble et caressant, un long plan travelling en demi-cercle qui me rappelle le railway. Don Luis crie parce que nos cheveux sont trop brillants, il n'ose pas s'en prendre à moi et demande à ce que l'on mette du lait en poudre dans ceux de Saturna. Il est très préoccupé par le réalisme et les détails de l'action, cela m'étonne assez, en même temps je suis

contente que ce film lui appartienne entièrement, personne d'autre que lui ne peut
réellement comprendre tout ce qu'il doit
s'y passer. Toutes ces scènes sont importantes, nécessaires, jamais intermédiaires,
toujours une progression dans l'action psy-
chologique de chacun. En même temps ce
contrôle perpétuel le fatigue.

Vendredi 10 décembre.

Casa Tristana. Beaucoup de mal avec le
chien, deux plans-séquences, il nous fait
mettre des fichus sur la tête pour la poussière et cacher nos coiffures impeccables.
Il ne s'embarrasse pas de difficultés inu-
tiles, si un plan rate techniquement au bout
de deux prises, alors il change pour ne pas
user les acteurs, ses audaces sont celles de
quelqu'un qui a fait le tour de tout. Chez
un metteur en scène plus jeune cela est différent car les audaces sont souvent de l'in-
conscience. Seulement, lui le sait mais le
fait quand même.

Samedi 11 décembre.

Déjeuner chez le sonneur de cloche. Le mendiant de Tiridiana, des yeux globuleux et brillants extraordinaires. Beaucoup de mal à manger les *migas* – plat typique de croûtons de pain frits – en parlant.

Lundi 13 décembre.

Il restait deux plans, l'escalier de la tour. Presque toujours quand une scène est inachevée le samedi, il y a des modifications pour le lundi, en effet deux plans rajoutés, dont un où le muet me relève la jupe assez haut, avec une pince à linge !

Mardi 4 décembre.

Appartement modifié, retour de Tristana chez Lope, une chambre coquette. Trois plans. Buñuel me présente à l'acteur qui joue le docteur en remarquant sa ressemblance avec André Breton lorsqu'il était jeune. Un peu déprimée le soir, je ne me sens pas toujours dirigée et en même temps, ne voyant pas de projection, je ne peux rien corriger. Barros était présent pour éventuellement donner un conseil sur les manipulations et les gestes du docteur. Son rêve serait d'être acteur, c'est un des plus grands chirurgiens d'Europe !

Mercredi 15 décembre.

Scène avec Horacio, piano, play-back, problèmes avec le nocturne de Chopin. Un plan seulement car on a retourné la scène avec le sonneur. Don Luis ne ménage pas beaucoup ses acteurs, terrible impression lorsqu'il interrompt pendant une prise.

Jeudi 16 décembre.

Fin de la scène avec Horacio, assez dure, il coupe la fin lorsqu'il m'emportait dans la chambre pour faire l'amour. Il demande pour la première fois leur avis aux acteurs, il hésite. Moi je préfère, et puis la scène à la Quinta avec Saturno n'en sera que plus impressionnante.

Vendredi 17 décembre.

Arrivée de Lope, tout est lent aujourd'hui, un plan seulement, il est quatre heures. Nous l'avons recommencé plusieurs fois, j'étais assise sur une jambe dissimulée mais en me levant le pied apparaissait un peu. Retour de la noce, Lope, parfumé, en pyjama dans le couloir, et moi ricanant. Je me retire dans ma chambre sans lui. Terrifiant et sinistre. La télévision italienne pique quelques plans. Je fais une interview incertaine et hésitante, il faudra demander à la voir.

Samedi 18 décembre.

Le générique aujourd'hui. Il m'a demandé de me coiffer comme je voulais, habillée comme tous les jours, il m'explique qu'il tourne des gros plans, très simplement fondus avec des plans de Tolède, Franco et Fernando l'ont déjà fait. Il me revoit deux mois en arrière, le jour des essais.

Lundi 20 décembre.

Changement que j'apprends en arrivant ce matin : nous tournons les deux plans qui se montent avec la conversation des curés et ensuite la mort de Don Lope. Peut-être finirai-je demain. Je ne sais pas ce qui l'a décidé à changer au dernier moment. Les week-ends sont toujours pleins de surprises avec lui ! Problèmes avec ma jambe qui doit être attachée, les virages sont fatals et aujourd'hui, à force de répéter, les béquilles me blessent sous les bras. Il m'a demandé de changer mon maquillage et de remettre celui de la Quinta. À la première objection soulevée par l'assistant, il répond que la logique ne doit pas toujours primer sur l'efficacité d'une autre chose moins évidente pourtant au départ. Fernando ressemble à une momie, deux heures de maquillage. Nous tournons la scène dans l'ordre, puis à l'envers sans raccord trop précis, mais la progression dans l'inquiétude, à l'envers, est d'un effet extraordinaire. Il rit beaucoup. Aujourd'hui son compliment, car c'en est un, fut : « Vous seriez bien dans un film de vampires. » Il aime ces yeux très charbonnés : « maligne », comme il me dit tout le temps. Je pense à la sorcière de Blanche-Neige lorsque je vais ouvrir la fenêtre pour que le froid achève ce pauvre Lope. Je sens une inquiétude et un soulagement en même temps chez Don Luis.

Mardi 21 décembre.

Dernier jour. Je suis seule au tournage. Fin de la scène dans le bureau. Don Luis hésite beaucoup à me donner des indications précises car à chaque suggestion qu'il fait, il ajoute très vite : « Mais comme vous voulez, pas comme ça. » Nous la faisons à l'envers. Deux fois car Aguayo, l'opérateur, tient à changer sa lumière, c'est le petit roi ! Dernier plan, dans la chambre, tête de Lope dans la cloche, réveil et puis de nouveau la scène à l'envers. Mon dernier plan au piano : jambe repliée sous moi, on aperçoit le genou comme un moignon. Je resterai sur cette dernière image, juchée vingt centimètres au-dessus du sol, caméra au sol et l'équipe entière regardant, pour moi, sous ma jupe.

The April Fools (Folies d'avril)

1968

Réalisateur : Stuart Rosenberg

Scénario : Hal Dresner

Distribution : Jack Lemmon (Howard Brubaker), Catherine Deneuve (Catherine Gunther), Peter Lawford (Ted Gunther), Myrna Loy (Grace Greenlaw), Charles Boyer (Andre Greenlaw), Jack Weston (Potter Shrader)

Directeur de la photographie : Michel Hugo

Musique : Marvin Hamlish

Sortie en France : 1969

J'arrive avec Giovanella Gianonni, mon agent, à New York afin d'y tourner *The April Fools*. J'ai été escortée par la chaîne de télévision CBS, qui produit le film. J'essaye de les éviter, comme j'aurais dû éviter Les Artistes associés à Saint-Tropez. Je déteste Saint-Tropez, je n'oublierai jamais, je n'aime pas les gens qui y vont non plus. Nous arrivons après avoir survolé des heures New York, il fait chaud et moite, on me donne des roses rouges, je suis fatiguée d'attendre. Un assistant me propose aimablement de faire mes essayages avec Donfeld, le costumier, ils sont fous. Je vais me coucher. J'aime le drugstore et le bar de l'hôtel, il y a du café italien. Ma chambre est décorée style *Madame Butterfly*, je vois le parc. Je me réveille assez en forme et décide d'aller acheter des bas avant mon premier rendez-vous d'essayage. Je rencontre Giovanella sur la Cinquième Avenue, il fait très lourd. Les essayages sont assez décevants, tout est cheap, Donfeld refuse l'entrée à Rosenberg, le metteur en scène, il est froid, buté et affecté. Je vais voir Stuart Rosenberg, il est pataud avec un regard triste et très gentil. Déjeuner agréable avec Giovanella et Haussman, mon agent américain de la W. Morris. Je n'aurai pas beaucoup de temps pour voir mes amis, je commence déjà à refuser des interviews, je suis lasse et les gens m'ennuient. Je voudrais moralement tenir et physiquement être bien pour le film.

Je décide avec Giovanella d'aller au cinéma, beaucoup de choses à voir, nous choisissons *Rosemary's Baby* de Polanski, un monde fou, le film est commencé. Roman devrait, je trouve, se méfier parfois de son goût pour l'insolite. C'est toujours juste mais un peu trop médical. Mia Farrow est utilisée intelligemment, c'est-à-dire avec ses défauts aussi. Je retrouve un peu de *Répulsion*. Nous décidons de dîner plus tard, je l'emmène dans l'un de mes restaurants préférés à New York, irlandais, le PJ Clark's, salade d'épinards et de champignons, hamburgers, elle aime beaucoup. Le café irlandais et la chaleur me grisent. Nous partons pour Broadway, beaucoup de gens bizarres, indécents et obèses, même jeunes. Nous allons voir *Fame*, le son est mauvais et j'ai du mal à comprendre les dialogues malgré la fluidité du récit. C'est bien, un peu extérieur et je le suis aussi car plusieurs fois je bavarde avec Giovanella. La deuxième partie est plus réussie, les gens aiment beaucoup, surtout les caricatures un peu lourdes.

20 juillet.

Je dois voir Rosenberg, mon metteur en scène. Il veut répéter ou m'en donner l'impression. Il mange des graines de tournesol et nous lisons. Il veut me revoir à cinq heures, je suis furieuse. Je rentre pour répéter avec Jack Lemmon, charmant, inattendu, nous lisons pendant trois quarts d'heure avant d'aller déjeuner avec mon agent au Village. Il fait une chaleur terrifiante, j'ai remonté mes cheveux dans une grande écharpe, je suis fraîche mais pas pour longtemps. Arrivée sur la place, spectacle en plein air, étonnant, un orchestre et des chœurs de jeunes Américains bariolés et bien-pensants qui chantent la paix et l'égalité sans charme, refusant la réalité de leur racisme.

Lundi 22.

Je me lève. Aujourd'hui je fais des essais. Double équipe, je parle avec le chef opérateur en français, pas de problème de maquillage, costume pas terrible. En fin de journée, migraine épouvantable, je dois quand même faire les photos pour la publicité, ils sont sans pitié, enfin c'est assez rapide. Je ne peux plus bouger, le docteur vient. Simone, ma coiffeuse, et Giovanella s'improvisent infirmières et déclarent que j'ai eu un empoisonnement au hareng !

23 juillet.

Déjeuner à l'Étoile avec mon agent. Je me sens faible, impossible de faire un régime. Plus de souvenir de cette indisposition de la veille. Cet après-midi, grande party au San Regis, tout les snobs sont sortis de leur tour d'ivoire, j'arrive à sourire, décontractée pendant deux heures dans ma robe blanche de Saint Laurent. Je rentre, morte, je décide de marcher jusqu'à l'hôtel. Tournage dans Central Park. Je déteste l'habilleuse. Pour éviter la cour habituelle, je rentre dans la Cadillac. Il pleut à torrents, les voitures ne peuvent plus passer. Je rencontre Frances pour *Newsweek*, charmante et compréhensive.

Dimanche 28.

Je déjeune avec Frances à la campagne. On me refuse presque l'entrée parce que je suis en pantalon. Délicieux déjeuner, nous bavardons facilement, elle est drôle et un peu hystérique, je l'aime beaucoup.

29 juillet.

Essayages lamentables. Je commence à penser à Saint Laurent, eux aussi. Donfeld est nerveux et faible. Photos avec Jerry Shatzberg. Rencontre inopinée avec Polanski qui me tend le piège de m'emmener prendre un verre chez Stardies où nous retrouvons Warren Beatty, très cajoleur. J'ai le cafard, je suis contente d'aller dîner avec Vadim, son indulgence qui est souvent de la faiblesse est parfois réconfortante.

Mardi 30.

Je vois Peter Evens qui fait un article sur David Bailey, je suis aimable et fermée. Essayages de nouveau, je suis démoralisée et puis arrive Stuart, le metteur en scène, qui n'est heureusement pas emballé non plus par les costumes. C'est un peu mou.

31 juillet.

Tournage de nuit à Greenwich, Connecticut. Frances est du voyage. Je tourne finalement en Saint Laurent, rassurée et à l'aise. John, le costumier, grimace. Je m'en fous.

Lundi 5 août.

Photo avec Jerry Shatzberg pour la couverture de *Newsweek*, je suis un peu nerveuse mais tout se passe bien.

Samedi 10.

Je vais voir *Hair* après trois semaines d'attente, très enthousiasmant par la jeunesse et la ferveur de la troupe, *lyrics* très moyens mais mise en scène et numéro épatants. Les Américains sont contents de se moquer d'eux-mêmes, pour eux c'est un peu le cirque et pourtant c'est une image nette d'une certaine adolescence américaine.

Dimanche 11.

Je pars pour Los Angeles avec un grand chapeau jaune, j'ai failli être en retard après un détour par le Village. Il fait très beau, à l'arrivée je me retrouve endormie sur l'épaule de mon voisin. Je prends livraison d'une maison blanche et d'une belle piscine chauffée.

Lundi 12.

Je retrouve avec plaisir Agnès Varda et Jacques Demy, qui lui a déjà tourné huit semaines[1].

Mardi 13.

Tournage dans une maison baroque au toit d'ardoises vertes. Je ne travaille pas beaucoup. Le temps est long.

Mercredi 14.

Je retrouve Pascal Thomas pour une interview. Agnès Varda doit faire des photos pour *Elle*. Finalement, elle vient les faire à la maison. Le soir, avec Jerry, nous allons voir *The Producers*, comédie sur un musical hitlérien volontairement raté qui

---

1. *Model Shop* avec Anouk Aimée.

devient envers et contre tout un succès. Peu de moyens mais beaucoup d'idées.

Simone, ma coiffeuse, m'a appris qu'elle voulait rentrer à Paris, je suis livide. Elle ne supporte pas Los Angeles, elle se cloître. Je suis déçue, je lui en veux, quelle complication ! Refaire venir quelqu'un de Paris ? Et la production ? J'ai de plus en plus besoin d'être seule pour me détendre, je supporte de moins en moins les gens, ma Françoise me manque, elle ne me quitte plus, me donne du courage et de la tristesse.

Samedi 17.

Mon petit bonhomme est arrivé. J'ai peur qu'il ait raté l'avion et j'attends, je ne le vois pas descendre, je m'énerve, nous devons dîner à sept heures chez George Cukor, puis il est là, très timide, bronzé, avec son petit sac Vuitton à la main. Il n'a mangé que du pain et bu du lait, me dira l'hôtesse. J'ai acheté un appareil photo pour le prendre dès son arrivée. Simone le couche et nous partons en retard pour ce dîner qui est commencé. Cukor, Hepburn, tous bavards et sympathiques. Jolie maison très anglaise, pleine de photos, de souvenirs, de tableaux, très bonne soirée, je suis rassurée.

Dimanche 18.

Nous allons dîner chez Jacques Demy et Agnès, leurs parents sont là, ils ne parlent que de leur film.

Dimanche 25.

Je dois aller chez les Rosenberg, jolie maison bien aménagée mais vraiment rien en commun avec lui. Simone m'insupporte, elle continue comme si rien ne s'était passé. Je sais qu'elle va partir.

Mardi 3.

J'invite Jacques et Agnès à la maison pour l'anniversaire. Mon cadeau n'est pas arrivé mais nous avons du champagne, il fait très chaud, il y a de la vapeur au-dessus de la piscine. Nous nous baignons tous.

Dimanche 8.

Nous allons dîner chez Agnès, soirée un peu tendue à cause de mes rapports avec Simone. Je vais la laisser partir. J'en ai marre, je suis glacée de me voir si méchante, elle m'est devenue complètement indifférente.

Vendredi 13.

Je n'ai réalisé qu'après. Mon petit Christian rentre à Paris ce soir et se trouve à l'aéroport. Il est bavard et éveillé. Simone, elle, part demain matin, le visage de la tristesse, ça m'est égal et puis je sais que quelqu'un va venir de Paris pour la remplacer, je suis soulagée. Des Américains grossiers et saouls, je suis blessée par la grossièreté, ils ne savent pas que je les entends derrière ce rideau. J'ai bu une vodka avant le dîner, je suis grise. Je finis tard, je ne suis pas très fière, je me crois toujours coupable. Simone va s'en aller, je pense qu'elle s'attendait à rester un peu plus, qu'au dernier moment je la supplierais. Non. Mesquinement, elle fait allusion à ses suppléments de bagages, je ne cède pas. Christian avait des mots adorables, cochon d'Inde, chère amie, Maman. Et puis cette explication sur la naissance de Nathalie. Elle n'est pas sa sœur puisqu'elle n'est pas sortie de mon ventre. Lorsqu'il a compris, il a ri, tout content, mais c'est encore confus, je crois.

Dimanche 22.

C'est difficile de vivre avec ses amis lorsque l'on travaille, je suis assez intolérante, le tournage m'ennuie à mourir. Heureusement je suis avec Edina, qui vient dormir chez moi car elle a peur elle aussi. Mais cela ne me gêne pas et nous dînons devant la télévision en T-shirt. Nous sommes rentrées assez tard, vraie détente, nous essayons de faire un petit régime. Stuart a l'air très content, moi pas, sa caméra suggestive m'emmerde et la scène aussi, il est temps que je finisse. Les parents vont mieux, je suis contente.

Vendredi.

Les derniers jours, plus longs que jamais. Peter m'apporte un livre d'Hitchcock, nous finissons vers six heures mais le shopping nous retarde jusqu'à huit heures et demie. Dîner encore devant la télé, nous rions beaucoup, je me sens vivante et adolescente avec Edina.

Samedi.

Dernier jour. J'avais été voir Santa Monica avec Edina, c'était comme la Bretagne, la couleur et la lumière me rappellent la France.

Essayons, maintenant que je suis à jour de ce carnet, de ne pas écrire pour ne rien dire. Je suis trop méfiante, pas assez réfléchie et mentalement paresseuse. Christian a appris à nager en huit jours, je suis assez fière, il avait confiance en moi, il est venu sous l'eau avec moi, ouvrir ses yeux avait été le déclic. Nous l'avons emmené partout, voir les dauphins, les cow-boys, je n'étais pas toujours là mais je participais quand même. Je dois être ferme et lucide avec lui aussi. J'ai une réservation le 8 au soir pour Paris. Quelques jours de repos. L'idée de faire mes bagages !

Samedi 28.

Temps gris. Je me réveille très tard. Une heure après, je suis déjà en route pour faire quelques courses avant le départ. Le moral n'est pas très haut, le peu d'activité me déprime. Je me sens creuse et pour me réconforter j'achète des disques classiques. Il faudra songer à être sérieuse et ne plus seulement vouloir paraître. Trop de petites choses me font plaisir et pourtant je n'ai plus seize ans. Flaubert a dit : « J'appelle bourgeois quiconque pense bassement. » Bien dit. À ne pas oublier.

Le soir, petit dîner, j'ai vu ou plutôt revu *Sept ans de réflexion* avec Marilyn Monroe, éblouissante, et puis *Le Train* de Frankenheimer. Je souhaite une reprise en main, sainement utiliser cette semaine de liberté, pleinement regarder, vivre, lire, réfléchir et ne plus m'agiter. J'ai reçu un télégramme, je sais qu'on m'attend à Paris dans dix jours, c'est la première fois que je partais si loin si longtemps, dix semaines maintenant, je ne réalise pas très bien, c'est une expérience sûrement positive pour la prochaine fois. Après toutes les lettres de François Truffaut, je serai encore plus contente de faire *La Sirène du Mississippi*. Un peu d'appréhension quand même.

Dimanche 29.

Une journée commencée bien tard, j'ai dormi jusqu'à midi. Jacques Demy me téléphone, nous dînons ensemble. Le temps est frais, je fais peu de choses, un peu de courrier, les journaux, nous allons au cinéma. Délicieux dîner avec Jacques, nous bavardons. Après quelques couacs, je retrouve Jacques tel que je le connais, beaucoup de points communs. Nous effleurons le cinéma, Godard, Moreau, les souvenirs des *Parapluies* et un projet sur Tristan et Iseult. Je crains qu'il ne soit déçu de sa découverte de l'Amérique, qui à moi me déplaît, trop contraire à mes sentiments, trop déshumanisée. Enfin ils ont quand même une curieuse façon de se moquer d'eux alors que les Français sont trop pincés. Je trouve des raccourcis car je suis un peu paresseuse pour écrire ce soir. Nous faisons aussi le projet d'aller mercredi à San Francisco, à moins qu'Agnès ne rentre.

Lundi 30 septembre.

Encore une petite journée, je me réveille à midi, le temps est gris, il fait moche. Une confirmation de fin de tournage pour jeudi, je fais tout de suite faire une réservation pour vendredi, c'est pour ainsi dire fini mais pour moi je me demande si ce film a jamais vraiment commencé. Attendons de le voir, ne soyons pas trop injuste. La publicité autour du film m'a sûrement beaucoup servie. Quelques courses cet après-midi, j'ai trouvé de très beaux disques classiques Gramophone, j'ai même acheté *La Truite* dans le même enregistrement que Marc. Mon dernier jour sera sans doute avec Jacques et Agnès. Vadim a une petite fille, Vanessa, ça me fait un drôle d'effet, je n'y croyais pas et puis elle est là.

Mardi 1er octobre.

De nouveau le tournage. J'ai déjeuné d'un œuf dur dans la caravane. Samedi je serai à Paris, j'ai une boule au cœur. J'irai voir Jane Fonda et son bébé dimanche. Je vais dormir tard, c'est bon. Si seulement le temps se levait un peu... Que ferai-je à Noël, où serai-je ? Je vais avoir vingt-cinq ans, je ne me suis pas beaucoup améliorée, je dois travailler moins, vivre.

Jeudi 3 octobre.

Le réveil est dur, j'ai fait un cauchemar, heureusement interrompu par Rose, *housekeeper*, qui était à la porte. L'autre soir j'ai vu à la télévision *Gun Crazy* avec Peggy Cummins et John Dall, qui inspira sans doute *Bonnie and Clyde*, plus violent, plus beau, dialogues formidables, pas démodés du tout, je pense au personnage de la sirène que je vais tourner avec Truffaut. Le matin une lettre de ma petite mère bien réjouissante, je suis heureuse à l'idée de la retrouver. Je vais dîner chez Jacques ce soir, il est triste que je parte si brusquement. L'idée de partir m'oppresse un peu, je n'ai vu presque personne ici, je n'ai rien vu, je n'ai rien fait, ça ne me manque pas.

Vendredi 4.

Beaucoup de choses à faire. Ils sont venus pour l'inventaire. J'ai l'impression qu'il faudra se battre pour récupérer quelque chose. Mes agents viennent sabler le champagne qu'ils m'ont offert. Je pars dîner chez Jacques et Agnès. Tom en Père Noël avec plein de cadeaux, Edina se met le gros nœud de satin rose du seau à champagne sur la tête. Il faut partir, Jacques et Agnès m'accompagnent. Après un dîner très gai, angoisse au creux du ventre. Mon grand chapeau me protège. Agnès a les larmes aux yeux, j'ai envie de pleurer, je reviendrai peut-être pour Jacques.

Paris. Au bout de trois heures de vol, le somnifère qu'on m'a donné me lâche, je me réveille transie de froid, je ne redormirai que quelques heures. J'arrive comme droguée. Christian est là. Je ne réalise pas très bien, je suis fatiguée, je ne peux pas dormir, la maison est petite et encombrée, je suis énervée.

Après un réveil difficile, car la matinée pour moi n'était que l'aube, je me prépare vite. Nous allons déjeuner avec Christian et puis je meurs d'envie de voir la fille de Jane. Même clinique, même chambre, même accouchement, même bébé, même père. J'ai envie de pleurer, Christian, mon grand bébé, joue dans la cour. Jane a l'air en forme, toujours lucide et précise. Nous parlons un peu d'éducation, enfin tout cela n'est que principes, on ne fait pas un enfant, on l'aime, on n'impose pas.

Je vais voir mes parents, Papa a l'air de faire un effort pour ne pas montrer son abattement, Maman est contente et plus modérée sur mon départ. Peu de choses à dire aujourd'hui. J'irai déjeuner seule avec mon père puis avec ma mère. La maison est petite, j'ai hâte de déménager. Si j'en avais les moyens, aucun luxe ne serait trop grand. Il faut que je me résigne.

Lundi 7.

Je vais revoir mon futur appartement. Moins de choses à faire immédiatement, ça me plaît, je serai vite chez moi. Déjeuner avec mon bébé. Un massage que je réclamais depuis longtemps me remet en forme. Heureuse de revoir Giovanella, mon agent. Je retrouve la maison de Saint Laurent, identique, certainement immuable pour un long temps, tout est juste, beau.

Dimanche 13.

Seule et fatiguée, je laisse Christian chez ma sœur Danièle. Je dois déjeuner au Plaza avec Hitchcock. Sympathique, ouvert, bavard, je suis ravie et détendue malgré ma grosse joue – je viens de me faire arracher une dent de sagesse.

L'année s'annonce tumultueuse de projets, je n'ai plus d'enthousiasme.

Mercredi 16.

Photos pour *Vogue* avant de partir pour la Suisse, j'ai oublié mes billets. Nous allons voir *Baisers volés*, pur, sensible et émouvant.

Mardi 22.

Je pars vite, un peu triste. David attend sur le pas de la porte. Ce soir je rencontre Hakim dans l'avion, le producteur de *La Sirène*. Dîner émouvant avec les parents chez ma sœur aînée, vingt-cinq bougies sur un saint-honoré pour mon anniversaire... Je pleure, vingt-cinq ans, l'âge de Françoise, ma petite sœur adorée. Elle me hante la nuit, toujours.

Jeudi 24.

Je me sens un peu vide. Le courage, la concentration me manquent terriblement.

Ce carnet était en partie fait de mémoire, les choses qui m'ont le plus touchée n'y sont pas toutes, je n'ai pas osé tout dire.

ENTRETIEN AVEC
PASCAL BONITZER

On peut peut-être commencer par appeler un chat un chat...

Et Catherine une friponne...

Et Catherine une star. Il y a dans ces carnets de bord, ce journal de travail, quelque chose d'un peu paradoxal, parce que les gens n'associent pas star et travail.

Moi, je ne pense pas que les gens pensent star. Les gens pensent image, représentation, Cannes... Et c'est vrai que, moi-même, je ne m'en rends pas compte parce que ce n'est pas vraiment un travail, c'est une préoccupation constante. Un vrai travail, pour moi, ce serait d'être sur scène, d'apprendre un texte par cœur, de répéter avec des acteurs, de recommencer tous les jours. Le tournage, c'est beaucoup plus insidieux, c'est très particulier. Évidemment, il y a des contraintes, se lever tôt, se plier aux horaires de tournage... Alors appelons ça un travail. Mais je ne pense pas que les gens aient envie de savoir ça non plus, parce que les acteurs qu'ils voient comme ça, comme moi, en représentation, finalement... c'est comme lorsqu'on va à l'Opéra : on voit un ballet, on aime ou on n'aime pas mais c'est une chose finie, aboutie, on ne voit pas les danseurs en train de souffrir pendant les répétitions.

Ce que je veux dire, c'est que l'image que donnent ces carnets, c'est une face de vous méconnue, qui est non la star mais la comédienne.

Oui, bien sûr, c'est vrai, d'autant plus que j'ai des difficultés à en parler. En fait, je refuse d'en parler. Je ne parle pas beaucoup en général. Dans les interviews, les journalistes vous interrogent très rarement sur le travail du film. Les questions s'enchaînent à toute vitesse et on passe au pro-

1991. Photos à Marrakech avec André Rau pour l'anniversaire de la maison de couture du grand Yves Saint Laurent.

1959. À Carthagène des
Indes, pour mon premier
festival de cinéma.

2001. «La Mamounia»,
au festival de Marrakech.
Avec Thibaut, mon maquilleur.
Les pantoufles de vair?

1991. Dernière semaine
de tournage pour
«Indochine», au bord
d'un lac en Suisse, après
trois mois au Vietnam.
Moins cinq kilos.

Marrakech. Observation nocturne
à la saison des amours.

Mon premier carnet de tournage,
en 1968 à Los Angeles,
écrit sur du papier japonais.

es, nous
siècle...

ce qu'il

SOLANGE :
René ? Je ne sais pas trop... Je pense qu'il réapparaîtra
tôt ou tard... quand il aura besoin d'argent...

Le juge Verret la regarde étonné.

VERRET. :
Pourquoi tu dis ça ?

SOLANGE :
Je ne sais pas. Ça m'est venu comme ça.

VERRET :
C'est curieux. Ce garçon est au bout de toutes mes
fois que je suis sur le point d'aboutir à

a tu le sais... Qu'est-ce que tu
détourné, c'est vers lui qu'il
insensées... en faisant des
es d'ailleurs... Tôt ou tard c'est
... C'est lui le grand argentier...
monde...

1995. Tournage de « Généalogies
d'un crime », de Raúl Ruiz.
Scène de rêve et deuxième
personnage avec Mathieu Amalric.

Cette fois-ci, Solange n'arrive pas à se décider entre le pain et le verre d'eau.

LOUISE :
Tu te rends...

LOUISE :
C'est un peu facile.

SOLANGE :
Comment va ton analyse ?

Essais de coiffure pour le premier personnage Solange.

LOUISE :
Bien, ça se passe très bien.

SOLANGE :
...Et tu dis que j'ai balancé un chat par la fenêtre.

LOUISE : (ELLE COMMENCE À RIRE)
Un chat dit-elle ! Plusieurs !

SOLANGE :
Ah bon. Ça m'amusait ?

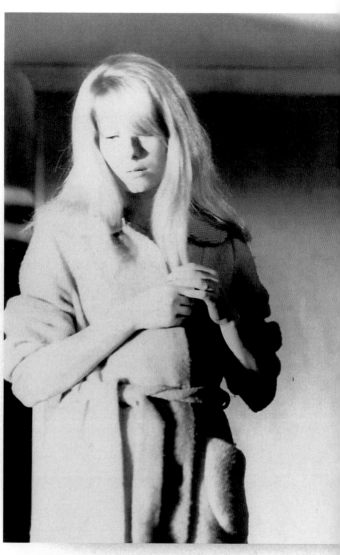

sur le tournage de «Répulsion»,
en 1965, avec Roman Polanski.

Le Vent de la Nuit

1er jour de tournage 27 Avril - Froid - vent j'arrive les cheveux mouillés pour faire la mise en place comme Garrel le souhaite - Génialement! - avec de placer la caméra - Tournage chronologique mise du haut l'escalier - très beau, 18° très simple - vit jardin les contremarches - je le sens heureux ... excité - cheveux longs pour être vrai - yeux bleus intelligents et rieurs - une belle trogne pour cet ancien beau garçon qui a du bien abusé. En principe répétitions pour ne tourner qu'une fois si possible - Il a l'air si sûr de ce qu'il fait tout en laissant beaucoup de place à ce qui arrive. Nous tournons en Scope - "Ne pensez pas à jouer - soyez dans la pensée - du personnage, soyez simple - les pensées ça suffit - Si vous pensez vous êtes

Le carnet du «Vent de la nuit», de Philippe Garrel.
Tournage en 1998.

258   HIGH ANGLE - THE MUSTANG

    It moves off down the street.

259   CLOSE SHOT - MOBY DICK

    Footage of the whale and Ahab. CAMERA PULLS BACK and ANGLE
    WIDENS to reveal Phil in bed watching Moby. He has a high-
    ball in his hand and sips the drink as he watches. There is
    the SOUND of the front door opening.

                    NICOLE (o.s.)
      Phil... ~~you home?~~ *where are ayou ?*

                    PHIL
      In here!

260   NEW ANGLE

    He clicks the set off with the remote control. Nicole comes
    in. She wears a Masoni pants suit and carries a large Fendi
    bag. Her long pale hair cascades loosely but perfectly over
    her shoulders. She drops the bag, looks at him, and slowly
    unbuttons her blouse.

                    PHIL
      Listen, about the other night --
      goddammit I... I want you to know
      I never see any sins with you.
      ~~All my sins are in the mirror.~~

    Her blouse is off, she unstraps her bra. She says nothing.

261   CLOSE ON PHIL

              We had a d
              ~~I do mine..~~
              what you do
              do, and it
              ~~crazy about~~
              been. I sm
              all day. Y
              I'm saying,
              out -- we'll
              we'll be the

    Her head and naked bacl
    top of him. She kisses

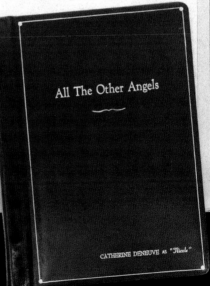

All The Other Angels

CATHERINE DENEUVE as "Nicole"

1968. Robert Aldrich
et Burt Reynolds m'avaient
envoyé le scénario provisoire de
« The April Fool's » avec mon
nom gravé sur la couverture.
Pour me convaincre plus vite !

FRANÇOIS TRUFFAUT

mardi

Ma chère Catherine,
à mon avis vous devez dire
oui à Hitchcock et permettre
moi d'énumérer ici quelques
arguments qui me sont venus à
l'esprit en y pensant ces jours-ci.

1°) Hitchcock n'est pas trop vieux,
il n'est pas "fini". Si vous parlez avec
des gens qui ont approché Bunuel ces
derniers temps ils vous diront tous qu'il
a rajeuni de 10 ans par rapport à ce
qu'il était il y a très peu. Un
phénomène aussi semblable se passe avec
Hitchcock qui est actuellement en
grande forme.

2°) les plus grands metteurs en scène
d'Hollywood sont actuellement les plus
vieux, ceux qui ont commencé avec
le cinéma muet :
John Ford, Hawks, autour et Hitch.
Si vous ne tournez pas avec eux,
en que vous voulez tout de même
faire des films en anglais, vous
tomberez forcément sur des transfuges
de la télé, plus ou moins fumistes.

3°) Un film d'Hitchcock, à
cause des contrats qu'il a passé sur
l'universel et de la conception universelle
de son travail, est exploité intégralement
dans le monde entier et pénètre dans
des régions ou probablement
aucun de vos films jusqu'alors n'a
été projeté.

4°) Hitchcock - Deneuve ! Vous
sentez bien que cette association donnera
d'avance au film un retentissement
énorme. Tous les gens qui y ont
jamais pensé vont sursauter : "Évidemment...

... ça s'imposait... elle était faite
pour lui..."

5°) Si l'on vous cite le nom de
Joan Fontaine vous pensez Rebecca,
Soupçons et vous vous cassez la
tête pour vous rappeler ses autres
films. Ingrid Bergman : Notorious,
Spellbound.
Grace Kelly : Dial M for murder,
To catch a thief, Rear Window
et toutes celles qu'il a faites tourner
une seule fois, chaque fois leur meilleur
film : Kim Novak - Vertigo,
Janet Leigh - Psycho, Eva Marie Saint -
North by Northwest etc...

6°) Vous l'avez très bien senti
vous-même, c'est très plaisant d'être
la femme entre 2 hommes et cette
solidité de base du principe restera sur
l'écran. Surtout si vous êtes
entourée de 2 grands
noms masculins.
Quand vous tournez Manon vous avez
Auriol et Sammy Frey, quand vous
tournez la Chamade vous avez Caroline
Van Hool et Piccoli et chaque fois
vous êtes en danger, forcément.
Avec Hitch et 2 bons partenaires
c'est difficile, vous êtes
confortable au départ, vous vous
envolez dans un avion sûr et
puissant, éprouvé et rassurant.

Voilà mon point de vue en
dehors du fait que je vous aime
tous les deux et que l'idée de votre
tandem me plaît beaucoup.

✳

Une lettre de François Truffaut, en 1971.

FRANÇOIS TRUFFAUT

Chapitre Sirène du Mississippi :

* Ferez-vous le doublage en anglais du film après coup ? L'avez-vous fait pour vos films récents ? Je faudrait mettre cela au point à présent.

* Dès que vous aurez le script, prenez des notes pour me signaler les scènes qui vous inquiètent pour une raison ou une autre. La tristesse de Belle de jour, que vous m'avez décrite et autre soir, vous l'éviterons grâce à une franchise totale ; si vous n'êtes pas heureuse dans ce tournage le film en souffrira davantage que tout autre film.

Ne vous inquiétez pas de l'aspect érotique de certaines scènes ; ce sera fait avec discrétion même quand l'idée est "audacieuse", avec une lumière très basse, presque des ombres chinoises, et des dialogues complètement chuchotés. Je désire troubler mais non choquer ni épater, vous me comprenez.

Voulez-vous venir avec moi voir le film de Clouzot jeudi soir ? On s'appelle. Je suis très content de ce tournage qui s'approche et je vous embrasse,

françois

FRANÇOIS TRUFFAUT

Catherine, chère Catherine,

la caméra
le public
tes metteurs en scène
tes partenaires
les cinéphiles du monde entier
} t'aiment

et moi et moi et moi... Alors ne nous laisse pas tomber, the show must go on et toi aussi car tu fais partie du show.

je t'embrasse et vais ng
françois

Truffaut m'avait écrit cette lettre pour mon premier jour de tournage de «Peau d'âne», en 1970.

LES FILMS DU CARROSSE

françois vous dit :
bonjour et puis ce sera : moteur et puis : coupez ! amitié fr

5. RUE ROBERT ESTIENNE, PARIS-8
TÉL. 256-12-73

1980. Pour «Le Dernier Métro».

L'emballage du paquet de cigarettes de «La Sirène du Mississippi».

Les enfants de Huê.

1991. Au Vietnam, pendant le tournage d'«Indochine».

Avec Régis Wargnier.

La Cité impériale
de Huê.

Un film, une aventure, un voyage. J'ai été bouleversée par le Vietnam.

Boîte à bijoux à l'hôtel.
Pie voleuse !

13 2 96

Chère madame,

Voici le roman (1850). Si vous ne l'aimiez pas, ou le personnage de la mère, je pourrais toujours vous convaincre que mon film en est éloigné. Si vous l'aimiez trop, je serais plus embarassé pour vous faire lire mon projet.

Je veux faire ce film avec vous.

J'ai aimé vous voir. Comme le suggère le court rêve que je vous ai passé (sans grand intéret, sauf pour moi), il existe "un lien" entre nous. Si nous avons l'occasion de nous connaitre un jour, je vous raconterai.

Portez vous belle et bien

A...

LC

Je suis inquiet : Guillaume D. va nous être i—joignable... mais serait sur le point de signer un autre film. Avez-vous des nouvelles ?

une lettre
de Leos Carax,
un mot de Lars
von Trier.

22/3-98

LARS VON TRIER

DEAR CATHRINE
THANC YOU FOR YOUR LETTER!
I SEE YOU EVERY DAY (AND YOU
DON'T SEE ME) BUT YOU ARE COOKING
SO GOOD! I CAN'T WAIT TO
SHOW YOU SOMETHING...
WHO KNOWS, BY THE END
⅃

jet d'après. Puisqu'il n'y a pas de vraie demande ni de vraies questions, je ne pousse pas plus loin que celui ou celle qui m'interroge. Les carnets, c'est assez particulier. D'abord, c'est très décousu dans la mesure où il y en a que j'ai tenus il y a très longtemps, et, à une exception près, toujours lors de tournages à l'étranger, des tournages où je n'étais pas trop prise ou trop entourée. La plupart du temps, je les écris le soir, sauf quand on tourne tôt le matin, ou à l'heure du déjeuner.

Et qu'est-ce qui a déclenché votre envie d'écrire, parce que le premier de ces carnets date de 1968...

Une période de solitude et un peu de détresse, je dirais. Le fait de partir tourner à l'étranger, si loin, d'être très attendue parce que vue et jugée par les Américains comme la plus jolie actrice d'après les journaux, c'est un poids, même si on ne veut pas y faire attention.

Déjà, on vous collait ce masque de star française sur le visage...

Pas tellement de star, plutôt de beauté. C'est encore plus lourd. Ça fausse tout de suite le rapport, vous voyez ce que je veux dire ? Ça met la barre non pas trop haut mais à un endroit où justement il ne faudrait pas qu'elle soit, parce que, déjà, il faut s'arracher à sa ville, à sa vie, à ses amis... Trois mois de tournage aux États-Unis, je le redoutais un peu. Je me souviens que mon agent de l'époque, qui était italienne, Giovanella Giannoni, me disait que les choses allaient être très difficiles. C'était après Mai 68. Je crois qu'elle le pensait vraiment mais qu'elle pensait aussi que j'avais besoin d'être poussée à partir, parce qu'elle savait que ma vie de famille, mon fils encore tout petit, tout ça comptait beaucoup, presque trop. C'était une période difficile sur un plan personnel, j'avais perdu ma sœur l'année d'avant. Je n'étais pas... remise. Non, ce n'est pas le mot. Je n'étais pas encore vraiment là. Être ailleurs, ce n'était pas la solution, mais je pense qu'elle savait que j'avais besoin d'être poussée, et c'est vrai qu'à l'époque, tout était agité, l'avenir du cinéma français paraissait très sombre. Elle m'a donc dit : « Je ne sais pas ce qui va se passer en Europe pour le cinéma et c'est une proposition très intéressante, je pense que vous devez sérieusement l'envisager », parce qu'elle savait que j'étais réticente à l'idée de partir trois mois aux États-Unis.

C'est un moment de basculement dans votre vie personnelle, effectivement. Le contrecoup de la disparition tragique de votre sœur...

De Françoise, oui...

... et puis ce moment très troublé pour le cinéma et pour le monde en général.

Oui, et moi je me sentais quand même très responsable, j'étais seule, j'avais mon fils, beaucoup de choses à assumer, c'était une décision qui était bien pour moi et qui était aussi raisonnable, d'une certaine façon.

On sent une dimension presque thérapeutique dans ce premier carnet, une sorte de nécessité immédiate de l'écrire, et peut-

*être aussi quelque chose de programma-
tique, qui s'exprime par exemple quand
vous écrivez : « Il faudra songer à être
sérieuse et ne plus seulement vouloir paraître. »*

Ils voulaient absolument que je fasse ce
film... Je sentais que je représentais quelque
chose pour eux qui n'était pas exactement
la façon dont moi je me voyais. Mais, en
même temps, il faut être à la hauteur de ce
que les gens attendent. Être cette personne-
là, physiquement, ça demande une attention
car ce n'est pas forcément naturel. Parfois,
ça détourne du travail, si vous voulez. Donc
ce tournage, c'était une façon d'essayer de
me recentrer. Mais je sentais que je m'égarais quand même. Enfin, je m'égarais...
Disons que j'avais tendance à fuir un peu
dans l'oubli et dans l'insouciance, pour
parer à cette détresse. Je suis assez cyclothymique. Il y a des moments d'insouciance, puis des moments de tristesse,
comme ça...

*Mais peut-être que ça inaugurait une
nouvelle période de votre vie, c'est-à-dire
une tension vers la maturité ?*

Eh bien oui. À la fois par obligation et parce que c'était la réalité. Je me retrouvais seule, plus que d'habitude, et en même temps consciente de ce qu'allaient être les temps à venir. Je travaillais beaucoup et j'avais déjà beaucoup travaillé entre 1967 et 1968 puisque j'avais enchaîné deux films. Dans l'état dans lequel j'étais... Mais la maturité, j'ai mis très, très longtemps à y venir. Je ne suis même pas sûre aujourd'hui de l'avoir atteinte...

Ces carnets de bord concernent des gens avec qui vous éprouvez un grand intérêt à travailler mais peut-être pas les cinéastes avec qui vous avez eu le plus d'intimité. Je pense à Truffaut ou à Téchiné.

C'est vrai, je les ai peut-être aussi tenus pour pallier un manque... Ça correspond parfois à un moment de solitude par rapport au film que je suis en train de tourner.

Sur votre vie personnelle, d'ailleurs, votre journal est très pudique. D'une façon générale, vous êtes quelqu'un de pudique.

Oui, parce que j'estime... enfin... En vérité, j'ai l'impression que les carnets sont toujours venus compenser soit une forme de tristesse, soit une forme de manque de quelque chose, de manque affectif...

Pas toujours, par exemple, le plus long...

Celui d'*Indochine* ?

*Oui, celui d'*Indochine *au contraire témoigne de la durée.*

Ah oui, tout à fait, mais avec *Indochine*, j'étais très loin, donc vraiment très coupée. C'était incroyablement dépaysant, d'autant plus que je suis partie longtemps, avec de longues périodes sans tourner. J'avais du temps, du temps pour voir le pays, du temps pour voir les gens... C'est un film qui m'a vraiment emportée... Et puis ça correspond aussi à la personnalité de Régis Wargnier, c'est un film qu'on a fait ensemble, sur lequel nous nous sommes trouvés. Il a un côté, comme ça, assez rigide, Régis...

« Fils d'officier »...

Oui, voilà. Quand on dit qu'on va faire quelque chose, on le fait, quand on dit qu'on va faire des projections, on les fait. C'était à la fois rigide et réconfortant. Parce qu'un cadre, on trouve parfois cela gênant mais dans un tournage si lourd, avec autant de monde, c'est aussi rassurant.

En ce qui concerne Tristana, *par exemple, on ne peut pas dire que c'est un très long voyage, c'était à Madrid...*

Mais c'était à l'étranger. À Tolède, puis en studio à Madrid.

C'était la deuxième fois que vous travailliez avec Buñuel...

Belle de jour, ça ne s'était pas si bien passé que ça et retravailler ensemble, pour moi, c'était très important. Je trouvais le scénario de *Tristana* absolument magnifique, mais j'avais de l'appréhension parce que j'étais dans le souvenir des moments de tension que j'avais vécus sur *Belle de jour.* Buñuel était très protégé par les producteurs, on ne parlait pas énormément. Sur *Tristana*, c'était différent puisqu'on était en Espagne. Or, c'était la première fois qu'il retournait en Espagne depuis *Viridiana*. Tout ça était très important pour lui, alors que moi, je traversais un moment difficile dans ma vie personnelle, j'étais fragile. Ce n'était pas si facile que ça.

Vous dites que Belle de jour *ne s'était pas très bien passé. Le sujet était très violent, vous étiez très exposée...*

Très exposée dans tous les sens du terme, mais très exposée physiquement et ça, j'en ai souffert, j'avais l'impression que j'étais plus exposée qu'il n'avait été prévu. Je l'ai revu récemment, je l'ai même revu dans une très belle copie aux États-Unis. Je trouve ce film très beau, mais... les producteurs avaient isolé Buñuel, je ne pouvais pas vraiment lui parler ni voir les rushes. Il y a eu des moments où j'avais l'impression d'être simplement utilisée. J'étais assez malheureuse. Et là, ma sœur a été très importante, elle m'a beaucoup soutenue moralement pendant le tournage, elle a été très présente et très forte. Ce n'est qu'après que je me suis rendu compte à quel point Françoise... Vous savez, c'est très difficile de parler de problèmes d'actrice, sauf si on est amie intime avec une actrice, ce qui n'est pas mon cas, et je me suis rendu compte à quel point Françoise me manquait, à quel point ça me manquait de ne plus pouvoir partager ça, que seuls l'intimité personnelle et le fait de faire la même chose permettent... Je retrouve ça parfois avec ma fille, aujourd'hui. Parce qu'on a une relation très intime et qu'en même temps elle est actrice.

Donc, bien que ça se soit passé difficilement, vous avez choisi de retravailler avec lui. Et comment Buñuel, lui...

Je ne pense pas qu'il ait gardé le même souvenir que moi, sinon il ne m'aurait pas proposé de faire *Tristana*, mais en même temps c'est quelqu'un qui a une vision des acteurs assez réductrice... Je pense qu'il s'est dit que, si j'étais le personnage, il devait me confier le rôle. Point. Je crois qu'il pensait que les acteurs c'est important, mais que ce n'est pas l'essentiel. D'ailleurs, il parlait peu aux acteurs.

On prétend même qu'il était sourd, certes, mais qu'il en rajoutait quelquefois un peu.

Moi, je pense qu'il n'en rajoutait pas, il n'était pas vraiment sourd mais il entendait vraiment très mal. Je pense aussi qu'il baissait un peu le niveau de l'appareil quand ça le fatiguait trop ou quand ça l'arrangeait. C'est très fatigant de parler sur les plateaux et d'y avoir une attention soutenue.

C'est vrai. Le tournage de Tristana *n'a manifestement pas toujours été une partie de plaisir non plus...*

Ah non ! Mais enfin, bon, c'était un tournage assez formidable quand même. Les carnets sont aussi les confidents des moments difficiles.

C'est l'un de vos plus beaux rôles.

Oui, c'est l'un des films que je préfère, *Tristana*. Personnellement, je préfère, en tant qu'actrice, *Tristana* à *Belle de jour*.

C'est comme les deux faces de... Enfin c'est presque l'antithèse, comme Juliette *et* Justine *de Sade*.

Oui, c'est vrai.

Parce que Tristana *est d'une cruauté... C'est un film sur la sénescence, le vieillissement de l'homme...*

Ah oui, c'est un film extrêmement noir.

Et donc, là aussi, le journal était une sorte de soutien ?

Oui, de soutien, et puis, à un certain moment, vouloir fixer les choses... Il y a tellement de choses dont on ne se souvient plus après. J'admire les gens qui tiennent un journal au quotidien. Mais en même temps un journal a des pouvoirs, quand on le relit, quand on le retrouve, c'est incroyable ce que ça ramène comme images, comme souvenirs d'une précision inouïe pour celui qui l'a écrit.

Ce qu'il y a de particulier, là, c'est la vitesse... Le diariste professionnel est quelqu'un qui organise son temps pour écrire, qui choisit ses moments. Là, on sent l'urgence.

À mon avis, c'est aussi parce que, souvent, j'écrivais tard, après le tournage, le soir...

C'était une discipline, vous vous astreigniez à ça ?

Vous savez, le temps, c'est rare. On termine tard et j'ai toujours besoin de moments de détente, j'ai vraiment besoin de couper après le tournage ; puis c'est le moment de se coucher, et le moment où je me couche c'est le moment où je devrais dormir, quand je travaille. Mais enfin, c'est aussi ma façon de fonctionner, je travaille beaucoup dans l'urgence, malheureusement... C'est comme ça. Parce que c'est vrai que le temps après le tournage, finalement, ce n'est pas si long que ça. Quand on tourne, surtout en extérieur, ça prend beaucoup plus de place que quand on est à Paris, qu'on rentre chez soi, qu'on retrouve sa vie, ses enfants, ses amis...

Ce sont aussi les conditions particulières de l'hôtel, de l'isolement...

Oui. À Paris, je n'ai jamais tenu de journal. Avec André Téchiné, j'ai tourné en province, mais pas à l'étranger, ce n'est pas pareil. On n'est pas coupé du monde de la même façon. Souvent, ce n'est pas écrit d'ailleurs, c'est un journal à chaud. Le journal, c'est quand même secret... Enfin, ça dépend. Il y a des gens qui écrivent leur journal avec l'idée de le publier... Moi, c'est plus un carnet de bord, ce qui ne m'a pas empêchée de m'autocensurer parce que je suis assez critique et que je sais qu'il y a des choses, même là, que j'ai préféré ne pas dire. Même lorsque ça semble anodin, ça peut passer pour de la cruauté qui n'apporte rien. Ce n'est pas pour édulcorer, c'est parce que la force du mot écrit est une chose terrible, terrible...

Cruelle.

Et surtout, c'est ce qui me fait un peu peur, le mot écrit est vraiment gravé sur le papier, comme s'il l'était dans du marbre. On peut regretter, on peut démentir, on peut dire qu'on l'a imprimé sans votre accord, on peut dire qu'on a modifié vos propos, il n'empêche que quand c'est écrit, c'est écrit. Ce qui est imprimé a une valeur de vérité définitive. Et cette valeur de vérité perdure au-delà de tout ce qu'on peut imaginer.

Lorsque vous teniez ce journal, vous ne songiez pas à...

Ah non, pas du tout. Ah non, jamais !

Mais il y a quand même cette idée que...

Que ça pourrait être lu ? Je n'y ai pas pensé. En même temps, ce qui est curieux, c'est que je les ai gardés. Bon, je n'ai pas

206

souvent déménagé dans ma vie, c'est vrai, mais enfin ils ont toujours été près de moi, dans un bureau dans ma chambre, sans que jamais je sois tentée de les relire.

Vous n'avez rien écrit pendant des années...

Non. Attendez, c'était en quelle année, *Tristana*, c'était en 1969 ?

Tristana, c'est 1969, oui. Et après plus rien jusqu'à...

C'est-à-dire qu'après, j'ai sombré, quand même.

Vous avez sombré ?

Oui. Sur un plan personnel, j'ai sombré, oui.

Vous voulez dire après 1970 ?

Chiara est née en quelle année ? Chiara, elle va avoir trente-deux ans, elle est née... elle est née quand ? En 1972. Oui, ç'a été une période de black-out total, pour moi. D'ailleurs, qu'est-ce que j'ai tourné, à cette époque-là ? Ce serait intéressant... J'ai dû tourner, quand même, mais en état de... J'ai dû tourner, quand est-ce que j'ai fait *Peau d'Âne* ?

Peau d'Âne, *ce doit être en 1970.*

Oui, ce devait être dans cette période-là. J'étais vraiment en black-out.

C'était la première fois que vous tourniez avec Demy depuis Les Demoiselles de Rochefort.

Oui, mais j'ai failli ne pas pouvoir faire le film. Physiquement, je n'étais plus en état de quoi que ce soit et certainement pas d'écrire. Quel est le carnet suivant ?

C'est Indochine. *1991.*

En tout cas, c'est vrai qu'après je n'ai plus écrit parce que je ne pouvais pas ou parce que je n'en avais pas besoin ou pas envie. Après, ça a été le *struggle for life* !

La lutte pour arriver à vivre. La lutte. Une lutte. Une lutte qui prenait toute la place.

Vous êtes sûre de n'avoir rien écrit entre 1969 et 1991...

Je crois. C'est sans doute des tournages où j'étais moins seule. Et puis c'est une période où j'ai eu ma fille...

Ça correspond donc au moment où vous êtes mère... Et donc, il n'y a plus rien jusqu'en 1991, Indochine, *plus de vingt ans après.*

Oui, ça m'a reprise parce que disponibilité, envie, découverte...

Et là, la tonalité est complètement différente, on sent plutôt l'excitation et l'euphorie.

Parce que c'était à la fois un film, une aventure, un voyage, c'était un grand emportement, un grand rôle, un grand sujet, un grand pays, de tout petits hommes, un très grand peuple, j'étais très bouleversée par les Vietnamiens. Très.

Et c'est quelque chose que vous ne pré-voyiez pas du tout ?

Je n'avais pas imaginé que ça me saisi-rait à ce point. Il y avait quelque chose d'incroyable dans ce calme et cette ténacité chez ces gens, quelque chose d'éternel et en même temps d'incroyablement actif, tout ça dans une profonde énergie, une énergie pas du tout énervée. Oui, l'Asie c'est très particulier.

Et Régis, donc, c'était une rencontre ?

Une rencontre, oui. C'est un sujet qu'il a voulu écrire pour moi. Je l'ai connu quand il était assistant de Francis Girod sur *Le Bon Plaisir*. Il n'avait pas encore fait de film, on avait parlé de ça, je lui avais dit mais oui, pourquoi pas, s'il voulait écrire pour moi. Il a écrit ce sujet-là en pensant à moi et c'est vrai que ç'a été une aventure très exaltante. Un gros projet, un grand film, tout, quoi...

Et un long journal.

Et un long journal ! Enfin, long...

Long par rapport aux autres. Bon, évidemment, ça s'accorde aussi à la durée du tournage.

Oui, mais pas seulement. Pas seulement. C'est aussi vingt ans plus tard.

Pour Indochine*, vous aviez déjà rencontré Vincent Perez auparavant ?*

On s'était tous rencontrés avant d'une façon très formelle, vous savez, au bureau...

Vous aviez fait la lecture du scénario ?

Non, Régis fait un peu comme Truffaut. Il organise des lectures. C'est le principe de répétition que je préfère, la lecture seule avec le metteur en scène. Éventuellement, après, on peut lire tous ensemble, mais si on est plusieurs à lire, l'intimité ne se crée pas et on ne peut pas s'arrêter sur certaines scènes, on fait juste un tour de piste et hop, on s'en va. Au théâtre, c'est sûrement différent, mais au cinéma je trouve que ces lectures ne servent pas à grand-chose. J'avais donc fait une lecture seule avec Régis et

211

Vincent aussi, je pense. Il avait un rôle difficile, il était sous le regard de Régis, plus que moi...

On sent de toute façon que c'est un tournage heureux, malgré les accidents, les tempêtes...

Oui. Ç'a été un tournage vraiment formidable, plus qu'un tournage, une aventure. Et en plus, quatre mois de tournage, c'est long, ça marque une étape, ça bouleverse une vie.

Et ensuite, avec Est-Ouest, *c'est parce que c'est Sofia, c'est la Bulgarie, c'est un autre exotisme ?*

C'était aussi parce que j'avais du temps, et puis sans doute étais-je dans le souvenir d'*Indochine*. Mais j'ai eu du mal à rentrer dans le film parce que je n'étais pas au centre, même si Régis avait écrit ce rôle pour moi, parce que je disais toujours que les acteurs n'acceptent pas souvent des seconds rôles, alors que je trouve qu'il y a des seconds rôles formidables.

Il m'a dit : « Et si j'écrivais un grand second rôle pour vous ? » J'ai répondu oui, pourquoi pas. Il m'a mise au défi de le faire et, comme c'était un beau rôle, je l'ai fait. Il y a parfois dans les films des seconds rôles qui ne sont pas intéressants, mais pour moi, le critère, c'est de savoir si quand on enlève ce personnage du film le film reste le même. Si le film est le même, alors ce n'est pas un bon second rôle.

C'est relativement rare, dans le cinéma français, qu'une star accepte un second rôle...

Parce que souvent on n'écrit pas des seconds rôles qui ont vraiment des scènes à jouer. Moi, je voulais que ce soit aussi un beau rôle, je voulais que ce soit un vrai rôle, même court. Je l'ai fait aussi dans *Le Petit Poucet*, et puis avec Manoel de Oliveira, pour *Un film parlé*. Enfin, Oliveira c'est un peu particulier, c'étaient des retrouvailles.

Il y a certains metteurs en scène avec qui vous voulez tourner parce que c'est eux.

Oui.

Par exemple, dans Dancer in the Dark, *le film de Lars von Trier, c'est aussi un second rôle, c'est parce que vous aviez de la curiosité envers le cinéaste...*

Oui, absolument, c'est vrai, parce que je ne trouvais pas le rôle très fascinant, franchement.

Il ne l'est pas.

Non. C'était l'aventure du film qui m'intéressait.

Évidemment, il y a la personnalité de Björk qui est au premier plan.

Elle était vraiment au centre du film, c'était un rôle très dur et très lourd. Elle souffrait, mais elle se protégeait beaucoup, elle avait toute sa bande autour d'elle. Elle n'était jamais seule. Et d'ailleurs elle n'était pas à l'hôtel, elle avait loué une maison, elle avait fait venir ses amis, son ingénieur du son, son fils, des amis de son fils, elle avait installé un studio pour travailler. Elle avait reconstruit son univers d'Islande.

Vous passez par des sentiments divers avec elle. Vous n'êtes pas la seule...

Il y avait des moments où j'avais vraiment envie de... Vers la fin, j'étais découragée. On se sent solidaire du metteur en scène, et puis en même temps on a envie de se dire merde, écoutez, vous vous débrouillez, je suis à Paris, vous me rappelez, moi aussi je reprends l'avion. J'aurais pu...

Oui.

Mais je suis assez bonne fille, dans le fond. Je râle, je suis très française, je râle, je râle.

Le Vent de la nuit, *c'est l'exception qui confirme la règle en ce sens que ce n'est pas un journal de voyage. Alors c'était quoi le côté exotique du* Vent de la nuit ?

Je crois que c'était le côté expérimental. Parce que c'était Garrel, et Garrel, c'est particulier. Par exemple, il avait décidé de ne faire qu'une seule prise sur ce film, sauf pépin technique.

Il a une théorie là-dessus, je crois, il dit que les acteurs sont comme des piles qui se déchargent dès qu'on commence à tourner.

C'est drôle qu'il dise ça, parce que moi, pendant les tournages, je dis que je dors. Quand on me demande : « Qu'est-ce que vous faites pendant les tournages, en attendant ? », je réponds : « Je dors, je me recharge. » Je suis une actrice pour Garrel, vous voyez ! Il a l'air très sûr de ce qu'il fait tout en laissant beaucoup de place à ce qui peut arriver. Voilà ce qu'il me disait : « Ne pensez pas à jouer. Soyez dans la pensée des personnages, soyez simple. Les pensées, ça suffit. Si vous pensez, vous êtes juste. » Ça a l'air très simple, mais pour arriver à dire des choses aussi simples aux actrices, il faut vraiment avoir fait un certain tour des choses : « Si vous pensez, vous êtes juste. »

216

*Ce n'est pas si simple d'être dans la pen-
sée des personnages que l'on joue.*

Être dans la pensée du personnage, non,
parce que ça veut dire qu'il faut pouvoir
faire abstraction de ce qui se passe autour
de soi, des contraintes techniques, de
l'équipe. C'est difficile d'avoir l'impression d'être un personnage qui est un autre,
disons, qui est vraiment un autre. En général, on interprète quelque chose à travers sa
propre expérience...

Le scénario était complètement écrit ?

Oui, et c'était un très beau scénario. Le
film était né d'une envie réciproque. Vous
savez, il habite dans mon quartier, on se
croisait souvent, il m'avait dit qu'il aimerait bien tourner avec moi et je lui avais dit
que moi aussi. J'aime ses films, je trouve
qu'il y a une poésie, une folie, un amour,
enfin quelque chose de vraiment personnel,
qui me touche beaucoup. Et donc il m'a dit
oui, pourquoi pas, il est parti sur un projet
d'écriture, enfin non, pas sur un projet
d'écriture, il voulait faire un truc autour de

moi. Je lui ai dit que c'était exactement le contraire de ce que je souhaitais. Moi, je souhaite jouer, je ne souhaite pas... me jouer moi, enfin être trop moi justement. Il était un peu déçu et puis il a travaillé avec Marc Cholodenko. Ils ont écrit ce scénario que je trouve formidable. J'aime beaucoup, beaucoup cette histoire... C'est un film que j'ai aimé tourner, *Le Vent de la nuit*. Il est d'une simplicité et en même temps d'une force sur ce qui lie les êtres, sur ce qui fait qu'on accepte les gens même quand ils sont différents de vous... C'est un film d'une grande force et d'une certaine pureté en même temps.

Vous aviez vu ses films des années soixante-dix, qui étaient vraiment expérimentaux ?

Non, je n'en ai pas vu beaucoup. J'ai dû en voir un, et un de mes préférés, c'est *J'entends plus la guitare...*

Ça, c'est sa deuxième période.

Oui, j'en ai vu très peu de sa première époque, j'ai plus entendu parler de lui à cette époque-là que je n'ai vu ses films.

J'entends plus la guitare, *c'était déjà Caroline Champetier à la caméra, je crois. Et* Le Vent de la nuit *?*

Caroline aussi.

Finalement, vous avez fait pas mal de films avec elle. Vous avez eu affaire à elle aussi pour vos deux séries télévisées, Les Liaisons dangereuses*, de Josée Dayan, et* Marie Bonaparte*, de Benoît Jacquot.*

Oui. Elle est compliquée parce que c'est quelqu'un de très passionné et d'intelligent... Le problème, c'est que, parfois, elle essaye de s'approprier plus que le cadre et je ne sais pas si elle s'en rend compte. C'est rare quand même de voir quelqu'un au cadre qui soit si proche du film et qui ne décroche jamais. Jamais, jamais. Elle est sur le plateau tout le temps, et elle n'est pas sur le plateau pour être là, elle y est parce qu'elle est tout le temps partie prenante : la mise en scène, les acteurs... Elle s'intéresse énormément aux acteurs, elle a des regards vraiment très intéressants. Elle est exigeante et elle a une force dans la constance et l'intensité de sa présence sur un tournage qui est... unique. Avec Garrel, ils étaient parfois en conflit. Ils se connaissent bien, ils s'apprécient, ils s'aiment beaucoup, mais Philippe était un peu violent avec elle parce que c'était le seul moyen de retrouver sa place. Pour certains metteurs en scène, ce serait insupportable d'être en face de quelqu'un d'aussi fort.

Vous avez couvert presque tout le champ du cinéma... Des grandes productions commerciales à des auteurs extrêmes comme Ferreri, Ruiz, Oliveira, Carax, Garrel.

Non, il y a des auteurs avec qui je n'ai jamais tourné, comme Sautet, par exemple. En réalité, j'aurais dû tourner avec Sautet, mais des histoires d'agents et de producteurs ont fait que ça ne s'est pas fait. Je sais qu'avec Régis, ça a failli se passer comme ça, je n'avais pas voulu faire son premier film, alors que je lui avais dit oui quand il était assistant.

Celui qu'il a fait avec Jane Birkin ?

Oui, mais je n'aime pas trop parler des films que je n'ai pas faits. Je trouve que ce n'est pas très délicat pour les gens qui les ont faits. Je devais faire un film avec Régis, je n'ai pas voulu faire celui-là, c'est comme ça, tant pis, mais ça n'a pas empêché qu'il ait eu envie de revenir vers moi quelques années plus tard. Mais je comprends qu'entendre un refus, c'est comme être repoussé par quelqu'un.

Il y a peut-être deux types d'hommes...

Il y a des hommes pour qui « non », ce n'est pas une réponse ?

Voilà.

Pas définitive en tous les cas.

Il y a aussi beaucoup de femmes qui ne comprennent pas le « non ».

Oui, c'est vrai que souvent je suis têtue, obstinée, le « non » je ne l'entends pas toujours non plus.

Est-ce qu'il y a des cinéastes avec qui vous auriez aimé tourner et qui n'ont pas voulu ?

Il s'agit moins de cinéastes avec qui j'aurais voulu tourner que de cinéastes avec lesquels il y a eu un début et puis ça n'a pas été plus loin. Il y a un metteur en scène avec qui j'aurais voulu tourner, enfin, c'était surtout ce projet-là que je voulais faire, c'est... comment s'appelle-t-il... j'aimais beaucoup le scénario, je l'avais rencontré à Paris... Il fait beaucoup de production maintenant, il fait l'acteur aussi avec Woody Allen et Stanley Kubrick.

Sydney Pollack ?

Sydney Pollack. C'est Marthe Keller qui a finalement joué le rôle. C'est l'histoire d'amour entre un coureur automobile, Al Pacino, et elle, qui est malade. Et puis il y a un autre film que j'ai vraiment voulu faire, à la même époque, parce que je savais que c'était un sujet formidable : c'était *The Bridges of Madison County*. Ils ont fait des essais avec des dizaines d'actrices européennes, j'ai même été à Londres faire des essais, et finalement ils ont choisi Meryl Streep. Dans le roman, c'est une Européenne qui vit aux États-Unis, mais bon... Plus tard, c'est Clint Eastwood qui a fait le film, *Sur la route de Madison*.

Leos Carax, vous l'avez rencontré comment ?

J'avais aimé son film, *Mauvais sang*. Sa démarche était assez insolite : comme il n'arrivait pas à monter son film, il m'a demandé de filmer comme ça quelques images, pour montrer à Cannes quelque chose d'une quinzaine de minutes et essayer de trouver des financiers. Comme j'avais lu le scénario, sur lequel j'avais quand même pas mal de réserves, sur la longueur notamment, je lui ai dit : « D'accord, mais je ne vous garantis pas que je ferai le film. » J'ai quand même fait le film après, parce que mon envie de tourner avec Carax était plus forte que mes réticences.

C'était aussi une expérience.

Oui, mais le tournage s'est mieux déroulé que la sortie. Quand je l'ai vu, j'ai retrouvé dans le film les faiblesses que j'avais vues dans le scénario. Je n'avais pas un grand rôle, et, comme beaucoup de choses avaient été coupées et que j'avais des réserves sur le film, je n'avais pas envie d'aller à la conférence de presse de Cannes, puisque le film y a été présenté, et là, il n'a pas été très élégant... Je ne trouvais pas que c'était une bonne idée de le montrer à Cannes, mais j'étais venue quand même pour la première, parce que ne pas y aller aurait vraiment eu l'air d'une gifle. Je n'ai pas été à la conférence de presse, parce que je ne voulais pas me retrouver dans la situation de devoir répondre à des journalistes. J'avais trop de réserves. Et ça, je crois qu'il l'a mal pris, il a donc fait une réponse assez désagréable sur mon absence, ce que j'ai su en arrivant... Je crois qu'il a dit que j'étais chez le coiffeur ! Alors je l'ai vu, je lui ai dit : « Franchement je ne trouve pas ça très honnête et pas très élégant de votre part, étant donné que ma présence ce soir est une façon de dire que je suis là pour votre film. » Il était désolé, il s'était laissé emporter, et je crois qu'il était très bouleversé... Et puis le film a été reçu comme il a été reçu. Quand on a fait un film, on doit l'assumer, malheureusement. Je dis malheureusement parce que, quoi qu'il arrive, à un certain niveau de notoriété, on est obligé d'assumer les choses, même si on n'est pas entièrement d'accord... Et dans le film de Carax... Moi, je n'ai participé qu'à un tiers du film. Donc quand je l'ai découvert en projection, je l'ai trouvé très différent. Quand on coupe comme ça des scènes, pour une actrice qui ne fait déjà qu'une partie du film, je trouve qu'il aurait dû me prévenir avant la projection. Et puis c'est vrai que j'étais un peu déçue par le film. La deuxième partie, franchement...

Le scénario...

Il faudrait qu'il travaille avec des scénaristes, Carax, mais il n'y a plus assez de scénaristes, puisque les scénaristes deviennent metteurs en scène, malheureusement, enfin, malheureusement pour nous, les acteurs. Je trouve aussi que le principe du droit d'auteur en France est excessif, il ne rend pas toujours service aux metteurs en scène. Ça les isole trop. Je pense qu'on peut être un auteur et pourtant accepter de partager, de discuter, de critiquer, de revenir sur des choses. Le droit d'auteur français a donné des droits excessifs à un auteur omniprésent et enlevé des droits au producteur aussi. Ça met le metteur en scène dans une position de solitude et d'obligation d'excellence inhumaine.

Puisqu'on parle d'auteur omniprésent, c'était comment de tourner avec Raúl Ruiz ?

C'était très bien. Je me sentais tout à fait en confiance avec lui, je l'avais rencontré, je savais que c'était un vrai cinéaste, un homme intelligent, cultivé, avec lequel ce serait agréable de tourner, qui serait courtois et inventif. Raúl laisse beaucoup de liberté aux acteurs... Manoel de Oliveira est très, très directif, très extrême dans ses choix de mise en scène. Quand j'ai tourné *Le Couvent*, il n'y avait pas de zoom, pas de travelling. Donc, par moments, il fallait carrément se tourner et parler à la caméra, enfin c'étaient des choses assez... C'est un exercice de style intéressant pour un acteur mais quand même, c'est plus hard.

Plus rigide.

Oui, plus rigide. De toute façon, Manoel est à la fois malicieux, plein d'humour et rigide. Alors que Raúl ne l'est pas. Raúl laisse beaucoup venir les acteurs, il les observe et il prend les choses...

Et il est très inventif à la caméra.

Oui. Et quand on répète, il est très ouvert à ce qui peut se passer. Manoel, lui, sait exactement ce qu'il veut faire, d'ailleurs il retravaille tout le temps maintenant avec son ordinateur, c'est terrible ; déjà il retravaille beaucoup, mais alors là, il retravaille la nuit, tout le temps... Il réécrit des choses, tous ces trucs, le matin il arrive, il a tapé tout ça, il redonne des dialogues, des changements aux acteurs...

Manoel ?

Manoel, oui, oui. Une fois que le tournage est fini, il n'arrête pas très tard en général parce qu'il commence très tôt. Il vit de beaucoup de café d'ailleurs, cet homme, il fait un régime très strict, c'est un homme très affûté pour son âge, c'est quand même le plus vieux cinéaste et l'un des plus grands...

... du monde...

Du monde. Et l'un des plus jeunes, enfin pas l'un des plus jeunes, mais c'est un homme très jeune d'esprit, vraiment, d'énergie, c'est incroyable. Mais maintenant il retravaille la nuit, ce qui est terrible pour tout le monde. De toute façon, il dort très peu, je crois.

Avec Ferreri, autre cinéaste extrême, vous avez fait deux films.

Oui, mais je n'en aurais pas fait trois. Ce n'est pas ce que j'appelle une rencontre. *Touche pas à la femme blanche*, c'était un film où on faisait tous des apparitions, ce n'était pas vraiment un rôle, contrairement à *Liza*. La personnalité de Ferreri a été pour moi...

... un obstacle ?

Quelque chose comme ça. Soit j'admire les gens, soit je trouve intéressant de travailler avec eux, mais pour se retrouver après, il faut qu'il y ait autre chose que le film, il faut que la personne me plaise. À partir du deuxième film, une relation se noue. Je ne pourrais pas imaginer faire cinq films avec un metteur en scène avec lequel je n'aurais pas d'autres relations que des relations de tournage, avec lequel il n'y aurait pas un peu d'affection, d'intimité.

C'est son rapport aux acteurs en général ?

Non. Pour moi, c'était son rapport à la vie. Il mettait mal à l'aise. Je le trouvais ambigu, peut-être parce ce qu'il souffrait du fait que ses films qui ont eu le plus de succès n'étaient pas ses plus grands. Je sentais une espèce de violence, qui n'était pas cette violence verbale des gens timides et complexés qui ont besoin de gueuler pour se faire respecter... C'était autre chose. Ça me terrorisait au début, après ça m'a bien aidée, ça m'a un peu blindée lorsque je me suis rendu compte que ça ne m'impressionnait pas.

Pourtant ce n'était pas quelqu'un de méchant ?

Ce n'était pas quelqu'un de gentil non plus. Nos dernières rencontres ont été rugueuses, il a été très agressif avec moi, presque violent.

Après Touche pas à la femme blanche *?*

Oh, bien après, au moment de la mort de Marcello. Ils étaient très amis, et tant que je vivais avec le père de Chiara, ils se voyaient, on se voyait. Vous savez comment sont les Italiens, ils se voient beaucoup.

C'est donc tout le contraire d'André Téchiné...

Ah oui ! André est très réservé, on s'est vite très bien entendus, mais le rapport d'amitié naît sur la durée. On avait envie de se voir en dehors des tournages, il ne voit pas beaucoup de gens et finalement moi non plus. On allait au cinéma ensemble, je suis même partie en vacances avec lui ! C'est important pour moi, l'amitié. Très important. D'ailleurs mes vrais amis sont des amis d'assez longue date.

Téchiné est le cinéaste avec lequel vous avez le plus tourné. Hôtel des Amériques, *il l'avait écrit avec Gilles Taurand en pensant à vous...*

André travaille beaucoup comme ça. *Le Lieu du crime, Ma saison préférée, Les Voleurs...*

*C'est effectivement un cinéaste qui pense à des comédiens quand il écrit. Quand vous avez reçu le scénario d'*Hôtel des Amériques, *vous ne le connaissiez pas du tout ? Vous aviez vu ses films ?*

Non, je ne le connaissais pas du tout. C'est Gérard Lebovici, notre agent, qui a organisé la rencontre, parce qu'il était encore plus timide qu'aujourd'hui.

Et là, bien qu'en extérieur, vous n'avez pas éprouvé le besoin d'écrire un carnet de bord...

Je n'ai écrit sur aucun des films d'André. Ses films occupent tout le temps et l'espace et puis je pense que c'étaient aussi des films sur lesquels je n'étais plus seule le soir, parce que j'écris quand même plutôt le soir. Quand je tourne avec André, je suis très souvent avec lui.

Dès le premier film ?

Je me souviens, oui, qu'on se voyait assez souvent. Mais c'est drôle parce que le deuxième, non, pas le deuxième, quand on a fait *Ma saison préférée*, parfois on se voyait aussi avec Daniel Auteuil le soir. L'idée, c'était qu'on allait peut-être parler du film, de certaines choses, mais finalement on ne parlait jamais du film. Curieusement, on en parlait toujours d'une façon très indirecte. Ça ramenait au film, mais on n'en parlait jamais directement en disant oui, alors cette semaine, il y a cette scène à tourner ou des choses sur lesquelles on avait des interrogations. Même si on en avait, curieusement, quand on se retrouvait pour dîner, on se retrouvait comme des amis. Ce qui est assez agréable et ce qui n'est pas très courant.

Vous aviez déjà tourné avec Daniel Auteuil ?

Non. C'était la première fois. Voilà une vraie rencontre. C'est vraiment quelqu'un... que j'aime beaucoup... En général, les hommes et les femmes jouent des maris et des femmes, des amants et des maîtresses, mais le fait de jouer un frère et une sœur a noué une espèce d'intimité, de fraternité entre nous. Ce premier rendez-vous cinématographique a vraiment défini la nature de notre relation. C'est très rare d'être frère et sœur, à nos âges, dans les films, et se retrouver pour la première fois frère et sœur au cinéma à quarante-cinq ans... On s'ap-

233

pelle, on se voit parfois. Avec Vincent Lindon aussi.

En revanche, Patrick Dewaere, qui joue avec vous dans Hôtel des Amériques, *c'est un acteur qui n'était pas du tout dans votre monde...*

Il était touchant, mais il venait d'un monde tellement lointain. C'était difficile d'être proche de lui.

Ça fait partie du sujet du film, d'ailleurs.

Du film et du tournage. J'ai rarement dîné seule avec lui. Sa femme était là aussi, elle était venue le rejoindre, et ils vivaient des choses très compliquées, très tourmentées, qui ne se prêtaient pas à une relation amicale. Pourtant, il était émouvant, avec son espèce d'étonnement mêlé de désespoir... non, pas de désespoir, de déception. C'était une période difficile pour lui, parce qu'il avait tout arrêté pour décrocher avant de commencer le tournage.

Il s'est suicidé peu de temps après le film ?

Il s'est tué avant de faire le film de Lelouch sur Cerdan. Il est rentré d'une répétition avec lui et...

Sur Le Lieu du crime, *là, c'était Wadeck Stanczack.*

Je trouve qu'il a une tête de christ. Avec André, les amants, les amoureux, ça va, mais j'ai plus de mal avec les compagnons et maris qu'il me choisit. Je lui ai dit un jour : « La prochaine fois, tu me fais lire avant... » Il veut toujours me donner des compagnons qui ont du corps, qui ont de la chair, mais qu'on puisse imaginer que j'ai pu les épouser comme par erreur de jeunesse.

D'ailleurs, il se passe toujours des choses pénibles entre les maris et vous, dans ses films... Dans Le Lieu du crime, *vous êtes pratiquement violée par Victor Lanoux, si je me souviens bien, et dans* Ma saison préférée, *vous quittez votre mari après lui avoir dit des choses...*

Très tristes et très dures.

*Dans ce dernier film, c'était aussi le pre-
mier rôle de Chiara, votre fille.*

Oui, absolument. Tout le monde me
demande comment c'était, mais vous
savez, je n'ai pratiquement pas tourné avec
elle à part ce dîner de Noël. Elle savait que
je n'étais pas loin, mais on ne tournait pas
ensemble.

*À l'époque, elle avait déjà l'ambition
d'être comédienne ?*

C'est très difficile pour moi de savoir. Je
crois qu'elle en avait envie depuis longtemps mais elle ne me l'avait pas dit. Elle
parlait plutôt d'écriture...

*C'est courageux de se lancer dans la
carrière quand on a pour parents Mastroianni et Deneuve...*

On est un peu inconscient, quand on est
jeune. Au début, elle ne se rendait pas
compte, c'est devenu plus difficile après,

peut-être. Heureusement, elle a débuté avec André, ce qui est formidable.

C'était la famille.

Oui. Et puis elle connaît son cinéma, Chiara, elle est très cinéphile, très pointue.

Et André est très près des comédiens.

Très près. Et d'ailleurs, il leur chuchote, comme Truffaut.

Truffaut, c'était quelqu'un de tenace aussi...

Ce sont des gens qui savent vraiment ce qu'ils veulent. Je trouve normal qu'un metteur en scène ne sache pas toujours comment l'obtenir, mais il doit savoir ce qu'il veut ou ce qu'il cherche. Et il y en a qui ne renoncent pas tant qu'ils ne l'ont pas. Ce qui ne peut pas être le cas de tout le monde, parce que c'est un luxe qu'on ne vous accorde pas toujours. Truffaut et Téchiné gardaient du temps pour travailler, pour répéter, alors qu'aujourd'hui il faut d'abord tourner vite. Trop de metteurs en scène acceptent ce rythme souvent imposé par la technique.

Dans votre carnet de Dancer in the Dark, *vous parlez allusivement d'une scène horrible que vous avez eue avec André sur* Les Voleurs...

On s'est disputés et ça m'a terriblement marquée. Mais c'est curieux, parce que ça m'a frappée comme la foudre et en même temps ça portait sur une difficulté, non, sur un besoin plutôt, le besoin de ne pas vouloir fixer le texte, de ne pas vouloir apprendre, tout un ensemble de choses que je n'ai pas encore vraiment réussi à tout à fait démêler.

C'est ça qu'il vous a reproché ?

Ce qu'il m'a reproché, c'était de ne pas savoir mon texte. C'est vrai, parfois, je me mets dans une situation de danger, mais c'est un refus, comme par peur d'arriver à quelque chose de trop établi... Je sais qu'il y a des acteurs, surtout quand il s'agit de scènes difficiles, qui arrivent et qui savent parfaitement leur texte. Moi, j'ai beaucoup de mal à le fixer complètement. Je ne peux pas m'empêcher de laisser des trous et je n'arrive pas à déceler si c'est uniquement par peur d'être trop mécanique ou si c'est parce que je n'arrive pas à faire l'effort suffisamment longtemps de l'apprendre complètement. J'ai besoin de garder une sorte de...

De points de suspension ?

Oui. Mais ça peut jouer des tours, ça m'en a joué d'ailleurs... Ce jour-là, ça m'a mortifiée. Après, j'étais très mal. Je me souviens de tout, du décor, de la scène, du jour, tout. Je trouvais ça injuste, parce que j'avais l'impression que je savais suffisamment mon texte pour qu'on répète et qu'on tourne. Mais je pense que, sur le fond, il avait raison. C'est vrai qu'il aime que les acteurs aillent très vite, André, parce qu'il aime donner beaucoup de texte, beaucoup de dialogues, et il veut que ce soit comme ça, très rapide...

*Les phrases de ses dialogues sont tou-
jours scandées par des points de suspension. Dans ses scénarios, il n'y a jamais de
point...*

Il n'y a jamais de point, c'est vrai. Il a
toujours besoin de laisser planer cette idée
qu'on dit ça mais qu'après tout, ce n'est
peut-être pas vraiment ça, peut-être qu'il
aurait dit autre chose. Et moi, il paraît que
dans la vie je suis comme ça, on me l'a
souvent fait remarquer. C'est l'ingénieur du
son du *Petit Poucet* qui me l'a dit, ça m'a
fait rire, je me suis dit, mais c'est vrai, il a
raison, souvent je ne finis pas mes phrases.

*On commençait à parler de Truffaut...
Parce que parmi les grandes rencontres,
évidemment, celle-là n'est pas la moindre...
Vous avez fait avec lui* La Sirène du Mississippi...

La Sirène et *Le Dernier Métro*.

La Sirène, *qui a été un échec commer-
cial, et* Le Dernier Métro, *qui a été un
triomphe.*

240

Oui.

Le Dernier Métro, *c'était un personnage de femme, qui correspondait à quelque chose chez vous, directrice de théâtre et amoureuse...*

Je me souviens que Truffaut l'avait écrit en me disant qu'il voulait me donner le rôle d'une femme qui avait des responsabilités. Et d'ailleurs on m'a proposé beaucoup de rôles de ce genre après, une femme très affairée et qui n'était pas forcément sympathique, qui avait des attitudes un peu dures par moments, mais une femme qui travaillait comme un homme, ce qui, même aujourd'hui, n'est pas si fréquent. Le problème, c'est que lorsqu'on donne à des femmes des rôles d'hommes, ce sont systématiquement des rôles de femmes d'affaires. Je revois le soir de la première du *Dernier Métro*, parce qu'il y avait eu une avant-première aux Champs-Élysées, au Paris, une salle qui n'existe plus. À la fin de la projection, les gens applaudissent, cocktail officiel très solennel, ils venaient nous voir pour nous serrer la main, et je me souviens de François qui n'arrêtait pas de répéter : « C'est un enterrement, c'est un enterrement, ce sont les condoléances pour un enterrement, c'est un enterrement. » Il m'a tellement minée que je suis sortie de la projection si oppressée que j'ai vomi dans les jardins des Champs-Élysées... C'était un succès mais les compliments peuvent être comme des condoléances... Mais bon, il détestait les manifestations publiques. Sa relation, c'était le tête-à-tête, l'épistolaire.

Il n'était pas mondain...

Non, pas du tout.

Il devait même être un peu agoraphobe.

Oui, mais je me souviens qu'il pouvait être très à l'aise sur scène et même plaisanter pour présenter un film. Lorsqu'on a présenté *Le Dernier Métro* aux États-Unis, dans les festivals, il adorait dire un truc drôle en anglais parce qu'il trouvait que c'est ce que les Américains savent faire et nous pas, il se forçait beaucoup à faire des petits speeches qui se terminaient de façon malicieuse...

Ça, c'est la leçon d'Hitchcock.

Oui, absolument.

On va parler de Demy et des Parapluies... *Vous avez fait avec lui trois films, au moins.*

J'ai fait *Les Parapluies*, *Les Demoiselles*, *Peau d'Âne* et *L'Événement le plus important*. Quatre films. J'avais reçu une invitation, il ressortait *Lola*. Sur le carton, Jacques avait ajouté à la main qu'il aimerait beaucoup me rencontrer. Il m'a dit plus tard qu'il m'avait vue dans un film comme ci comme ça, où je jouais avec Danielle Darrieux et Mel Ferrer, et qui s'appelait *L'Homme à femmes*.

Vous avez été deux fois la fille de Danielle Darrieux ?

Oui.

L'autre fois c'était dans Le Lieu du crime.

Trois fois même. Dans *Le Lieu du crime* aussi, et dans *Les Demoiselles*.

Ah, dans Les Demoiselles *aussi, bien sûr*.

Oui. Et puis encore... Quatre fois, puisque dans le film d'Ozon, *Huit femmes*, elle est aussi ma mère.

Ah, c'est vrai. Bien sûr.

C'est comme les rapports avec Daniel Auteuil dont j'étais la sœur au cinéma. Danielle Darrieux, je ne la vois pas souvent mais quand je la rencontre, il y a un lien de famille réel, c'est très curieux. Je suis sa fille de cinéma.

Revenons à Demy. Il y a une nécessité, là.

Oui, parce que j'étais très jeune, que je n'étais pas du tout sûre de vouloir continuer à faire du cinéma. J'ai quand même débuté un peu par hasard, à travers ma sœur, pour jouer sa sœur dans un film. Je n'étais pas

244

très sûre de moi en plus d'être timide, et la rencontre avec Jacques a été fondamentale parce que j'avais dix-huit ans, il m'a parlé de ce projet que j'ai trouvé incroyablement original et téméraire, et je n'ai pas hésité... Le film a été difficile et long à monter puisque j'ai été enceinte, j'ai eu mon fils et j'ai tourné le film tout de suite après la naissance de mon bébé. Oh oui, deux mois après...

Christian Vadim ?

Oui. Donc il s'est passé du temps avant que Mag Bodard puisse monter le film, mais c'était un de ces tournages comme il en arrive parfois, vous savez, de ces tournages où, malgré toutes les difficultés, tout le monde travaille dans le même sens. Et tout ce que Jacques m'a dit à ce moment-là quand il me dirigeait m'a ouvert l'esprit. Il m'ouvrait l'esprit et en même temps c'était comme un déchirement. Je n'avais jamais imaginé que ça pouvait être ça, le cinéma, que ça pouvait être ça tourner, jouer. Je ne savais pas tout ça encore.

Et techniquement, ça devait être très particulier ?

Très. Il a fallu apprendre le film entièrement en play-back. Et pour lui, c'était très, très compliqué, parce qu'il fallait, une fois qu'il avait trouvé les décors, trouver la mise en scène en fonction d'une musique qui était déjà écrite, et donc d'un rythme strictement imposé...

Donc le film était en play-back ?

On a tout joué en play-back. Tout le temps. On avait des haut-parleurs, même la nuit dans les rues... Le disque avait été enregistré avant le film et je me souviens que, lorsque j'apprenais le texte, je l'avais fait entendre un peu autour de moi et je sentais combien les gens étaient déjà bouleversés.

Michel Legrand...

Oui. Mais les paroles aussi, parce que c'est vraiment la musique et les paroles, là, quand même.

Oui, oui.

C'était déjà émouvant avant d'exister.

Et ç'a été un grand succès...

Oui.

Qui vous a tout de suite placée sur un piédestal. Mais en même temps, c'est un film d'une originalité totale...

C'est un opéra.

C'est un film d'auteur.

Oui. C'est un objet particulier, c'est un opéra, moderne, plongé dans le quotidien. Réaliste et poétique.

Y compris pour Demy, parce qu'il n'a jamais retrouvé la formule magique.

Vous pensez à *Une chambre en ville* ?

Oui, qui était la tentative de reprendre la même formule.

Un film chanté, oui.

Beaucoup plus tard.

Oui, beaucoup plus tard.

Et sans Michel Legrand.

Oui.

Mais c'était aussi un vieux projet, je crois, Une chambre en ville.

Ça faisait un certain temps qu'il y pensait en effet.

Quelques années après, il y a quand même eu Les Demoiselles de Rochefort, *cette fois avec votre sœur, qui est devenu une...*

Une référence en matière de film musical français, c'est vrai.

Qui est même devenu une comédie musicale pour la scène, récemment.

Oui, *Les Parapluies*, c'était un opéra, puisque c'était entièrement chanté, alors que *Les Demoiselles*, c'est plus une comédie musicale à l'américaine.

C'était la première fois que vous jouiez avec votre sœur ?

Non, mon premier film avec elle, qui est aussi mon premier film tout court, c'était *Les portes claquent.*

Ah oui, Les portes claquent. Donc des retrouvailles, mais évidemment avec, là, un duo sensationnel...

. Oh oui, ç'a été formidable. Je pense que pour elle, au début, ç'a été délicat parce que j'avais déjà travaillé avec Jacques Demy, et elle craignait que ça produise un déséquilibre, mais après la première semaine qui a été un peu difficile...

Difficile ?

Difficile parce que je le connaissais mieux, j'avais déjà tourné avec lui, et puis c'était l'été, c'était un tournage physiquement éprouvant.

Là, la chose était très différente, vous aviez enregistré les chansons à l'avance ?

Oui, et puis on avait travaillé la chorégraphie avant, à Londres, à Paris... Le fait de préparer le film ensemble, d'avoir à apprendre nos chorégraphies ensemble, c'est vrai que ça nous a... Deux sœurs, même très proches, ne se voient pas tout le temps, l'une travaille à droite, l'autre à gauche. Et là, ç'a été une occasion inouïe, je suis très heureuse d'avoir vécu ça, comme quand on était plus jeunes et qu'on vivait ensemble...

Le film est devenu un film-culte, mais je crois qu'il a eu moins de succès au départ que Les Parapluies. *Il y a un lien privilégié qui s'est noué là avec Jacques Demy et qui a duré...*

Oh, qui a duré très longtemps, jusqu'à *Une chambre en ville.* Jusqu'à ce clash d'*Une chambre en ville.*

Le clash, il a eu lieu sur quoi ?

Jacques voulait qu'on soit doublés tandis que Gérard Depardieu et moi trouvions que, quinze ans après *Les Parapluies*, nos voix étaient trop connues. Et voir des visages d'acteurs avec leur voix pour le texte et d'autres voix pour les chants, c'était moins crédible... J'insistais beaucoup, Jacques s'est braqué, moi aussi, Gérard aussi. On a fait un essai en chantant, pour lui prouver qu'on pouvait y arriver, en travaillant avec Michel Colombier... Il n'a pas été convaincu du tout, ce que je peux comprendre, et puis ensuite, je ne sais pas, il a certainement pensé qu'on céderait, mais nous n'avons pas pu et tout s'arrête là.

Et Michel Legrand ?

Je ne sais pas quelle est l'histoire entre Jacques et Michel, mais le fait est qu'il a choisi Colombier... Je crois que Michel Legrand n'était pas trop emballé par le projet. Cette rupture a duré un certain temps parce que Jacques était un homme très entier et rancunier. Heureusement, on s'est retrouvés après. Je l'ai revu, je l'ai revu jusqu'à la fin. On avait même un très beau projet, il voulait tourner en Russie *Anna Karénine* en comédie musicale.

L'autre cinéaste de vos débuts, c'est Roman Polanski, qui venait de tourner avec votre sœur, Françoise Dorléac. Non, je me trompe... Cul-de-sac, *c'est juste après, je crois ?*

Oui, un an et demi après.

Donc vous, vous avez fait Répulsion.

J'ai rencontré Roman sur le tournage des *Parapluies*. Il tournait dans la région le générique d'un film à sketches et, un soir où il tournait dans un bateau, j'étais avec des amis qui le connaissaient. J'étais absolument fascinée par ce personnage incroyable, avec ce regard très intense, tout le temps partout, incroyablement vivant. Je n'avais encore vu aucun film de lui.

Le Couteau dans l'eau, *qui était son premier long métrage, n'était pas encore sorti.*

Non. Après il m'a contactée à Paris, il a vu *Les Parapluies*, il a beaucoup aimé et il m'a proposé de faire un film avec lui. J'ai dit mais oui, pourquoi pas, bien sûr, et il m'a fait lire une adaptation qu'il avait écrite de *Naïves Hirondelles*, de Roland Dubillard. Et moi, comme une sotte, à l'époque, j'ai trouvé que c'était un rôle d'idiote. J'étais vexée et j'ai dit non. Et puis il m'a proposé un film qu'il avait écrit avec Gérard Brach, en anglais pour une actrice américaine, qui s'appelait *Angel Face* et qui était la version de *Répulsion* qu'on a tournée. Je me souviens que j'étais proche de Roman quand on a tourné et que le producteur était un de ses amis polonais qui avait plutôt produit des films série B un peu chauds.

Des films porno ?

Je ne les ai pas vus mais j'en suis presque sûre. Des pornos soft, peut-être, mais en tout cas c'était son premier film d'auteur. Donc voilà deux Polonais plutôt fêtards exilés en Angleterre, avec Gérard Brach, qui faisait des allers-retours, et moi, seule dans cette équipe anglaise... Sur le plateau, Roman me parlait presque toujours en français. Je parle très peu dans le film. Je suis sûre que mes dialogues doivent tenir sur cinq pages, dans *Répulsion*.

Après Les Parapluies, *« en couleurs et en chanté », c'était un film en noir et blanc,* Répulsion.

Oui. Le noir et blanc donne aux films anciens, je trouve, une note moderne curieusement, comme s'ils gardaient leur rigueur, tandis que les films en couleurs datent beaucoup plus.

Vous avez fait peu de films en noir et blanc. Il y a le film de Rappeneau... La Vie de château.

Oui. Mais il n'y a pratiquement plus de films en noir et blanc maintenant. J'arrivais à la fin. Et aujourd'hui je pense que, pour un cinéaste, faire un film en noir et blanc, c'est comme se faire hara-kiri.

Et puis ça fait maniéré.

Ça, c'est à cause de la télévision. Ce sont eux, les grands décideurs, aujourd'hui.

Quand vous avez vu le film, vous n'avez pas été terrifiée du rôle que vous teniez ?

Au contraire, j'ai trouvé ça formidable, j'étais très contente. Je me souviens que c'est Quincy Jones qui avait fait la musique, il a enregistré à Londres, et j'étais venue assister à l'enregistrement de la musique. Et puis c'était un film à petit budget, quelque chose de très artisanal, avec des moments très conflictuels, parce que les Anglais sont très stricts avec les horaires et parfois il s'énervait, parce qu'ils pouvaient s'arrêter au milieu d'une prise. On se voyait beaucoup, on parlait beaucoup, on allait au cinéma... La vie nous a séparés, Roman n'est pas quelqu'un que je vois souvent, mais j'ai quand même énormément d'affection pour lui. Je trouve que c'est quelqu'un qui a eu un destin extrêmement tragique, qui est doté d'une force incroyable pour avoir surmonté tout ça... Et je ne pense pas seulement à la mort de sa femme, je pense à tout, à la mort de ses parents, au ghetto, au fait qu'il lui est interdit d'aller ou de travailler en Amérique, qu'il a été accusé de viol, je trouve que c'est un destin très noir. Mais il a surmonté tout cela.

C'est quelqu'un de très vital, aussi.

Oui. Il a une énergie vitale incroyable.

Après Répulsion, *il a choisi de tourner avec votre sœur.*

J'étais très contente qu'elle travaille avec lui. Je n'avais pas de rivalité avec ma sœur et je n'ai pas eu le temps d'en avoir. Je ne sais pas comment on aurait évolué, toutes les deux.

C'est drôle, parce que cette gémellité entre vous, elle est aussi cinématographique... Le fait que Polanski ait tourné avec vous et avec elle, que Truffaut ait tourné avec elle et avec vous...

Et Demy, où nous étions presque de vraies jumelles.

Demy aussi, évidemment. C'est quelque chose d'assez frappant.

Oui, je ne sais pas comment les choses auraient... Je ne sais pas, parce qu'elle était très douloureuse à l'époque, ma sœur, très excessive, très extrême, très extravagante, très entière.

Vous voulez dire qu'elle était le pôle extraverti et que vous étiez le pôle introverti ?

Absolument. D'ailleurs, quand je revois les interviews qu'on a faites ensemble pour *Les Demoiselles*, c'est vraiment frappant. Mais ça nous convenait, en fait. Nous étions complémentaires.

Filmographie

1956

Les Collégiennes, d'André Hunebelle, avec Estella Blain, Christine Carrère, Henri Guisol, Gaby Morlay, Elga Andersen, Agnès Laurent, Marie-Hélène Arnaud, Paul Guers, René Bergeron

1959

Les Petits Chats, de Jacques Villa, avec Sylviane Margolle, Maïté Andrès, Ginette Pigeon, Pierre Dudan, Henri Nassiet, Geneviève Galea

L'Homme à femmes, de Jacques-Gérard Cornu, avec Danielle Darrieux, Mel Ferrer, Claude Rich, Colette Fleury, Alan Scott, Pierre Brice, Nicolas Amato, Robert Rollys

Les portes claquent, de Jacques Poitrenaud, avec Françoise Dorléac, Michael Lonsdale, Jacqueline Maillan, Dany Saval, Noël Roquevert, Maurice Sarfati

1961

Les Parisiennes – Ella – Antonia – Françoise – Sophie (film à sketches), de Michel Boisrond et Claude Barma, avec Johnny Hallyday, Dany Saval, Darry Cowl, Jean Poiret, Eddy Mitchell, Christian Marquand, Dany Robin, Françoise Brion, Françoise Arnoul

1962

Et Satan conduit le bal, de Grisha Dabat, avec Jacques Perrin, Françoise Brion, Bernadette Lafont, Jacques Monod, Jacques Doniol-Valcroze

Les Vacances portugaises, de Pierre Kast, avec Françoise Arnoul, Michel Auclair, Jean-Pierre Aumont, Françoise Brion, Jean-Marc Bory, Pierre Vaneck, Daniel Gélin, Françoise Prévost, Édouard Molinaro

Le Vice et la Vertu, de Roger Vadim d'après Sade, avec Annie Girardot, Robert Hossein, Philippe Lemaire, Henri Virlojeux, Howard Vernon, Valéria Ciangottini, Luciana Paluzzi, O. E. Hasse, Georges Poujouly

1963

Les Parapluies de Cherbourg, de Jacques Demy, avec Nino Castelnuovo, Anne Vernon, Marc Michel, Gisèle Grandpré, Ellen Farner, Mireille Perrey, Jean Champion (Palme d'Or, Cannes 1964)

Les Plus Belles Escroqueries du monde – L'Homme qui vendit la tour Eiffel – La Rivière de diamants – Les Cinq Bienfaiteurs de Fumiko – La Feuille de route (film à sketches), de Hiromichi Horikawa, Claude Chabrol et Roman Polanski, avec

Charles Denner, Jean-Pierre Cassel, Francis Blanche, Jean Seberg, Gérard Brach, Nicole Karen, Gabriella Giorgelli, Ken Mitsuda, Jan Teulings

1964

La Chasse à l'homme, d'Édouard Molinaro, avec Jean-Claude Brialy, Françoise Dorléac, Claude Rich, Jean-Paul Belmondo, Francis Blanche, Bernard Blier, Micheline Presle, Michel Serrault, Marie Laforêt

La Costanza delle ragione (*Avec amour et avec rage*), de Pasquale Festa Campanile, avec Sami Frey

Un monsieur de compagnie, de Philippe de Broca, avec Jean-Claude Brialy, Annie Girardot, Jean-Pierre Cassel, Jean-Pierre Marielle, Rosy Varte, Sandra Milo, Marcel Dalio, Irina Demick, Valérie Lagrange

1965

Le Chant du monde, de Marcel Camus d'après Jean Giono, avec Hardy Krüger, Charles Vanel, Marilu Tolo, Serge Marquand, Ginette Leclerc, Georgette Anys, Christian Marin, Michel Vitold

Les Créatures, d'Agnès Varda, avec Michel Piccoli, Nicole Courcel, Jacques Charrier, Nino Castelnuovo, Eva Dahlbeck

Das Liebeskarussell – Parade d'amour – Belles d'un jour – Belles d'un soir – Lolita – Who Wants to Sleep ? (film à sketches), de Rolf Thiele et Alfred Weidenmann, avec Curd Jürgens, Anita Ekberg, Gert Froebe, Heinz Rühmann, Nadja Tiller

Répulsion, de Roman Polanski, avec Yvonne Furneaux, Gérard Brach, Ian Hendry, John Fraser, Patrick Wymark

La Vie de château, de Jean-Paul Rappeneau, avec Philippe Noiret, Henri Garcin, Pierre Brasseur, Mary Marquet (Prix Louis-Delluc 1965)

1966

Belle de jour, de Luis Buñuel d'après Joseph Kessel, avec Michel Piccoli, Françoise Fabian, Pierre Clémenti, Francis

Blanche, Bernard Fresson, Georges Marchal, Macha Méril, Jean Sorel, Geneviève Page (Lion d'Or, Venise 1967)

Les Demoiselles de Rochefort, de Jacques Demy, avec Françoise Dorléac, Danielle Darrieux, George Chakiris, Jacques Perrin, Michel Piccoli, Gene Kelly, Henri Crémieux

1967

Benjamin ou les mémoires d'un puceau, de Michel Deville, avec Michèle Morgan, Michel Piccoli, Pierre Clémenti, Catherine Rouvel, Jacques Dufilho, Odile Versois, Jean Lefebvre, Cécile Vassort, Alexandra Stewart (Prix Louis-Delluc 1967)

Manon 70, de Jean Aurel d'après l'abbé Prévost, avec Sami Frey, Jean-Claude Brialy, Elsa Martinelli, Claude Génia, Paul Hubschmid

Mayerling, de Terence Young, avec Omar Sharif, Ava Gardner, James Mason, Lyne Chardonnet, Andréa Parisy, Geneviève Page, Moustache, Fiona Gélin, Howard Vernon

1968

The April Fools (*Folies d'avril*), de Stuart Rosenberg, avec Jack Lemmon, Charles Boyer, Sally Kellerman, Myrna Loy, Peter Lawford, Melinda Dillon, Jack Weston

La Chamade, d'Alain Cavalier d'après Françoise Sagan, avec Michel Piccoli, Roger Van Hool, Amidou, Jacques Sereys, Irène Tunc

La Sirène du Mississippi, de François Truffaut d'après William Irish, avec Jean-Paul Belmondo, Michel Bouquet, Nelly Borgeaud, Marcel Berbert

1969

Tout peut arriver, de Philippe Labro, avec Prudence Harrington, Jean-Claude Bouillon, Catherine Allégret, Chantal Goya, Fabrice Luchini

Tristana, de Luis Buñuel, avec Fernando Rey, Franco Nero, Lola Gaos, Jesús Fernández, Antonio Casas, Sergio Mendizábal, José Calvo

1970

Peau d'Âne, de Jacques Demy d'après Charles Perrault, avec Jean Marais, Micheline Presle, Jacques Perrin, Delphine Seyrig, Fernand Ledoux, Henri Crémieux, Sacha Pitoëff, Pierre Repp, Myriam Boyer

1971

Liza, de Marco Ferreri d'après Ennio Flaiano, avec Marcello Mastroianni, Corinne Marchand, Michel Piccoli, Valérie Stroh, Pascal Laperrousaz

Ça n'arrive qu'aux autres, de Nadine Trintignant, avec Marcello Mastroianni, Dominique Labourier, Catherine Allégret, Marie Trintignant, Danièle Lebrun, Serge Marquand, Catherine Hiegel

Un flic, de Jean-Pierre Melville, avec Alain Delon, Paul Crauchet, Richard

Crenna, Simone Valère, André Pousse, Jean Desailly, Ricardo Cucciolla

1973

L'Événement le plus important depuis que l'homme a marché sur la Lune, de Jacques Demy, avec Marcello Mastroianni, Myriam Boyer, Micheline Presle, Alice Sapritch, Micheline Dax, Jacques Legras, Maurice Biraud, Tonie Marshall, Claude Melki

Touche pas la femme blanche, de Marco Ferreri, avec Philippe Noiret, Michel Piccoli, Serge Reggiani, Ugo Tognazzi, Marcello Mastroianni, Alain Cuny, Darry Cowl

1974

L'Agression, de Gérard Pirès, avec Jean-Louis Trintignant, Claude Brasseur, Robert Charlebois, Daniel Auteuil, Valérie Mairesse, Daniel Duval, Philippe Brigaud, Michèle Grellier, Franco Fabrizi

Fatti di gente per bene (*La Grande Bourgeoise*), de Mauro Bolognini, avec Giancarlo Giannini, Fernando Rey, Marcel Bozzuffi, Laura Betti, Tina Aumont, Paolo Bonacelli

La Femme aux bottes rouges, de Luis Buñuel, avec Fernando Rey, Jacques Weber, Laura Betti

Hustle (*La Cité des dangers*), de Robert Aldrich, avec Burt Reynolds, Eddie Albert, Ernest Borgnine, Don Barry, Ben Johnson, Paul Winfield, Eileen Brennan, Robert Englund

Zig-zig, de Laszlo Szabo, avec Bernadette Lafont, Jean-Pierre Kalfon, Georgette Anys, Walter Chiari, Hubert Deschamps, Yves Afonso

1975

Le Sauvage, de Jean-Paul Rappeneau, avec Yves Montand, Tony Roberts, Luigi Vannucchi, Dana Wynter

1976

Anima persa (*Âmes perdues*), de Dino

Risi, avec Vittorio Gassman, Anicée Alvina, Danilo Mattei

March or die (*Il était une fois la légion*), de Dick Richards, avec Gene Hackman, Terence Hill, Marcel Bozzuffi, Max Von Sydow, Jean Rougerie, Rufus, Ian Holm, Jack O'Halloran, Jean Champion

Si c'était à refaire, de Claude Lelouch, avec Anouk Aimée, Niels Arestrup, Charles Denner, Francis Huster, Zoé Chauveau, Bernard-Pierre Donnadieu, Jean-Pierre Kalfon, Jacques Villeret, Jean-Jacques Briot

1977

Écoute voir, de Hugo Santiago, avec Sami Frey, Anne Parillaud, Didier Haudepin, Jean-François Stévenin, François Dyrek, Florence Delay, Antoine Vitez

Il casotto (*Casotto*), de Sergio Citti, avec Jodie Foster, Ugo Tognazzi, Michèle Placido, Marie-Angela Melato, Luigi Proietti, Paolo Stoppa

L'Argent des autres, de Christian de Chalonge, avec Jean-Louis Trintignant, Claude Brasseur, Michel Serrault, François Perrot, Juliet Berto, Umberto Orsini, Francis Lemaire, Raymond Bussières, Michel Berto

Ils sont grands ces petits, de Joël Santoni, avec Claude Brasseur, Claude Piéplu, Jean-François Balmer, Eva Darlan, Yves Robert, Roland Blanche, Jean-Pierre Coffe, Michel Berto

À nous deux, de Claude Lelouch, avec Jacques Dutronc, Jacques Villeret, Daniel Auteuil, Richard Bohringer, Paul Préboist, Bernard Lecoq, Xavier Saint-Macary, Anne Jousset, Myriam Mézières

Courage fuyons, d'Yves Robert, avec Jean Rochefort, Philippe Leroy-Beaulieu, Michel Beaune, Dominique Lavanant, Michel Aumont, Christophe Bourseiller, Gérard Darmon, Robert Webber, Christian Charmetant

Le Dernier Métro, de François Truffaut, avec Gérard Depardieu, Maurice Risch, Richard Bohringer, Sabine Haudepin, Andréa Ferréol, Jean Poiret, Paulette Dubost, Heinz Bennent, Jean-Louis Richard (César de la Meilleure Actrice 1981)

Je vous aime, de Claude Berri, avec Alain Souchon, Serge Gainsbourg, Gérard Depardieu, Jean-Louis Trintignant, Ysabelle Lacamp, Christian Marquand, Thomas Langmann, Dominique Besnehard

Reporters (documentaire), de Raymond Depardon, avec Richard Gere, Coluche, Mireille Darc, Alain Delon, Serge Gainsbourg, Jean-Luc Godard, Gene Kelly, Max Meynier, Mireille Mathieu

Le Choc, de Robin Davis, avec Alain Delon, Stéphane Audran, Étienne Chicot, Philippe Léotard, Catherine Leprince, François Perrot, Féodor Atkine, Jean-Louis Richard, Alexandra Stewart

Le Choix des armes, d'Alain Corneau, avec Yves Montand, Gérard Depardieu, Gérard Lanvin, Michel Galabru, Marc Chapiteau, Christian Marquand, Jean Rougerie, Jean-Claude Dauphin, Richard Anconina

Hôtel des Amériques, d'André Téchiné, avec Patrick Dewaere, Étienne Chicot, Sabine Haudepin, Josiane Balasko, François Perrot, Dominique Lavanant, Jacques Nolot

1982

L'Africain, de Philippe de Broca, avec Philippe Noiret, Jean-François Balmer, Jacques François, Jean Benguigui, Gérard Brach, Joseph Momo, Vivian Reed, Raymond Aquilon

The Hunger (*Les Prédateurs*), de Tony Scott, avec David Bowie, Susan Sarandon, Willem Dafoe, Cliff de Young, Beth Ehlers, Dan Hedaya, Bessie Love

Le Bon Plaisir, de Francis Girod d'après Françoise Giroud, avec Jean-Louis Trintignant, Michel Serrault, Michel Auclair, Hippolyte Girardot, Alexandra Stewart, Janine Darcey, Jacques Sereys, Christine Ockrent, Laurence Masliah

Fort Saganne, d'Alain Corneau, avec Gérard Depardieu, Sophie Marceau, Philippe Noiret, Michel Duchaussoy, Robin Renucci, Pierre Tornade, Roger Dumas, Florent Pagny, Hippolyte Girardot

1984

Paroles et Musique, d'Élie Chouraqui, avec Christophe Lambert, Richard Anconina, Jacques Perrin, Dayle Haddon, Dominique Lavanant, Charlotte Gainsbourg, Laszlo Szabo, Clémentine Célarié

1985

Le Lieu du crime, d'André Téchiné, avec Wadeck Stanczak, Claire Nebout, Danielle Darrieux, Victor Lanoux, Jean-Claude Adelin, Nicolas Giraudi, Jacques Nolot

Speriamo che sia femina (*Pourvu que ce soit une fille...*), de Mario Monicelli, avec Liv Ullmann, Bernard Blier, Philippe Noiret, Stefania Sandrelli, Lucrezia Lante Della Rovere, Giuliana de Sio, Giuliano Gemma

1987

Agent trouble, de Jean-Pierre Mocky, avec Richard Bohringer, Tom Novembre, Dominique Lavanant, Pierre Arditi, Sylvie Joly, Kristin Scott-Thomas, Dominique Zardi, Elisabeth Vitali, Maurice Le Roux

Fréquence meurtre, d'Élisabeth Rappeneau, avec André Dussolier, Martin Lamotte, Étienne Chicot, Madeleine Marie

1988

Drôle d'endroit pour une rencontre, de François Dupeyron, avec Gérard Depardieu, Nathalie Cardone, Jean-Pierre Sentier, André Wilms

Frames from the edge – Helmut Newton : Frames from the edge (documentaire), d'Adrian Maben, avec Sigourney Weaver, Charlotte Rampling, Faye Dunaway, Capucine

1990

La Reine blanche, de Jean-Loup Hubert, avec Richard Bohringer, Bernard Giraudeau, Jean Carmet, Marie Bunel, Isabelle Carré, Geneviève Fontanel

1991

Contre l'oubli (documentaire), de Chantal Akerman, avec Philippe Noiret, Jane Birkin, Bertrand Blier, Anouk Grinberg, Alain Corneau, Alain Souchon, Raymond Depardon, Sami Frey

Indochine, de Régis Wargnier, avec Linh Dan Phan, Vincent Perez, Jean Yanne, Dominique Blanc, Henri Marteau, Andrzej Seweryn, Hubert Saint-Macary

1992

Les Demoiselles ont eu vingt-cinq ans (documentaire), d'Agnès Varda, avec Jacques Perrin

Ma saison préférée, d'André Téchiné, avec Daniel Auteuil, Jean-Pierre Bouvier, Marthe Villalonga, Chiara Mastroianni, Anthony Prada, Carmen Chaplin, Roschdy Zem, Bruno Todeschini, Ingrid Caven

1993

La Partie d'échecs, d'Yves Hanchar, avec Pierre Richard, Denis Lavant, James Wilby, Delphine Bibet

1994

Les Cent et Une Nuits, d'Agnès Varda, avec Michel Piccoli, Marcello Mastroianni, Mathieu Demy, Emmanuel Salinger, Henri Garcin, Robert de Niro, Gérard Depardieu, Alain Delon, Jean-Paul Belmondo

Le Couvent, de Manoel de Oliveira, avec John Malkovich, Luis Miguel Cintra, Leonor Silveira

L'Inconnu (court-métrage), d'Ismaël Ferroukhi, avec Predrag-Miki Manojlovic

Les Voleurs, d'André Téchiné, avec Daniel Auteuil, Laurence Côte, Benoît Magimel, Didier Bezace, Fabienne Babe, Julien Rivière, Chiara Mastroianni

1996

Généalogies d'un crime, de Raúl Ruiz, avec Michel Piccoli, Melvil Poupaud, Bernadette Lafont, Monique Mélinand, Jean-Yves Gautier, Mathieu Amalric, Hubert Saint-Macary, Jean Badin, Andrzej Seweryn

1997

Place Vendôme, de Nicole Garcia, avec Jean-Pierre Bacri, Emmanuelle Seigner, Jacques Dutronc, Bernard Fresson, François Berléand, Laszlo Szabo, Philippe Clévenot

Pola X, de Leos Carax, avec Guillaume Depardieu, Katherina Golubeva, Delphine Chuillot, Anne Brochet, Patachou

Belle Maman, de Gabriel Aghion, avec Vincent Lindon, Mathilde Seigner, Line Renaud, Danièle Lebrun, Jean Yanne, Stéphane Audran

Est-Ouest, de Régis Wargnier, avec Sandrine Bonnaire, Oleg Menchikov, Hubert Saint-Macary, Ruben Tapiero, Sergueï Bodrov, René Féret

Le Temps retrouvé, de Raúl Ruiz, avec Marcello Mazzarella, Vincent Perez, Mathilde Seigner, Chiara Mastroianni, Marie-France Pisier, John Malkovich, Pascal Greggory, Christian Vadim, Emmanuelle Béart

Le Vent de la nuit, de Philippe Garrel, avec Xavier Beauvois, Daniel Duval, Jacques Lassalle, Marie Vialle, Anita Blond

1999

Dancer in the Dark, de Lars von Trier, avec Björk, David Morse, Peter Stormare, Jean-Marc Barr (Palme d'Or, Cannes 2000)

Absolument fabuleux, de Gabriel Aghion, avec Josiane Balasko, Nathalie Baye, Marie Gillain, Vincent Elbaz, Claude Gensac, Yves Rénier, Saïd Taghmaoui, Chantal Goya, Stéphane Bern

Je rentre à la maison, de Manoel de Oliveira, avec Michel Piccoli, John Malkovich, Antoine Chappey, Sylvie Testud, Adrien de Van

The Musketeer (*D'Artagnan*), de Peter Hyams, avec Stephen Rea, Tim Roth, Justin Chambers, Jean-Pierre Castaldi, Mena Suvari, Tsilla Chelton, Daniel Mesguich

Le Petit Poucet, d'Olivier Dahan d'après Charles Perrault, avec Nils Hugon, Romane Bohringer, Pierre Berriau, Élodie Bouchez, Romain Duris, Samy Nacéri, Saïd Taghmaoui, Benoît Magimel, Dominique Hulin

2001

Au plus près du paradis, de Tonie Marshall, avec William Hurt, Hélène Fillières, Patrice Chéreau, Emmanuelle Devos, Bernard Lecoq, Nathalie Richard, Gilbert Melki, Paulina Porizkova

Huit femmes, de François Ozon, avec Isabelle Huppert, Emmanuelle Béart, Fanny Ardant, Virginie Ledoyen, Danielle Darrieux, Ludivine Sagnier, Firmine Richard

Les Liaisons dangereuses (téléfilm), de Josée Dayan, avec Ruppert Everett, Nastassja Kinski, Leelee Sobieski, Danielle Darrieux

Nuages : Lettres à mon fils (documentaire), de Marion Hänsel, avec Charlotte Rampling, Barbara Auer, Antje De Boeck

2002

Um filme falado (*Un film parlé*), de Manoel de Oliveira, avec Leonor Silveira, John Malkovich, Stefania Sandrelli, Irène Papas

2003

Princesse Marie (téléfilm), de Benoît Jacquot, avec Heinz Bennent, Anne Bennent, Isild Le Besco, Elisabeth Orth, Gertraud Jesserer, Christoph Moosbrugger, Dominique Reymond, Didier Flamand, Edith Perret, Christian Vadim

Les années indiquées correspondent aux dates de tournage.

Composition réalisée par NORD COMPO

IMPRIMÉ EN ESPAGNE PAR LIBERDUPLEX
Barcelone
Dépôt légal Édit. 55574-03/2005
LIBRAIRIE GÉNÉRALE FRANÇAISE - 31, rue de Fleurus -75278 Paris Cedex 06
Édition 1

ISBN : 2 - 253 - 11090 - 6